日出乡关

RICHU XIANGGUAN

王贺鸿 著

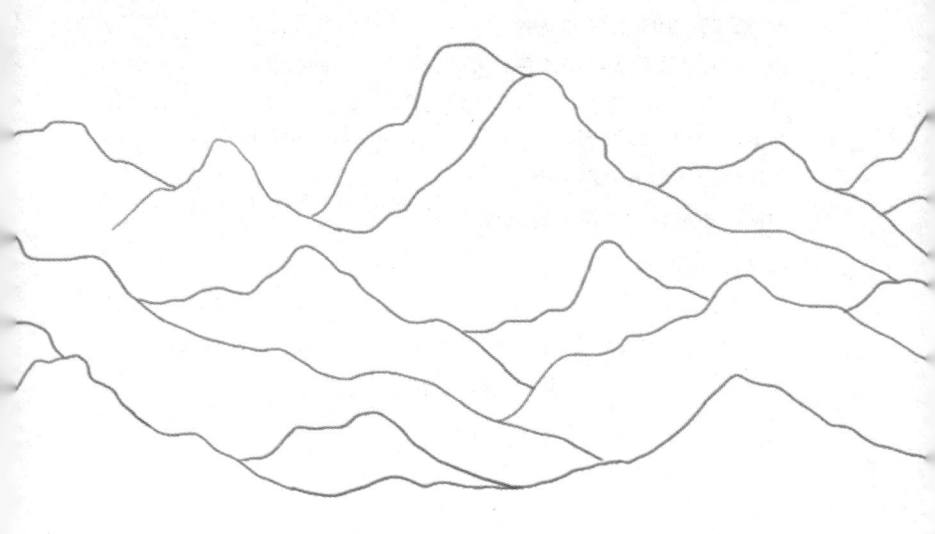

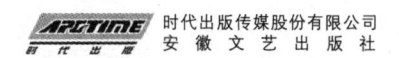

时代出版传媒股份有限公司
安徽文艺出版社

图书在版编目（CIP）数据

日出乡关 / 王贺鸿著. -- 合肥：安徽文艺出版社，2025.6. -- ISBN 978-7-5396-8327-0

Ⅰ. I227

中国国家版本馆CIP数据核字第2025UB1455号

出 版 人：姚 巍
责任编辑：周 丽　　　　　　　　装帧设计：徐 睿

出版发行：安徽文艺出版社　www.awpub.com
地　　址：合肥市翡翠路1118号　邮政编码：230071
营 销 部：(0551)63533889
印　　制：安徽省瑞隆印务有限公司　(0551)62673012

开本：880×1230　1/32　印张：7.625　字数：200千字
版次：2025年6月第1版
印次：2025年6月第1次印刷
定价：39.00元

（如发现印装质量问题，影响阅读，请与出版社联系调换）

版权所有，侵权必究

目录

序　真情绽放的诗歌空间和光芒 / 丁友星　001

辑一　乡情乡音

麦苗青青 / 003

麦子，让我们一起走向成熟 / 004

泡桐花 / 006

老家 / 007

麦苗，在一场春雨里茁壮 / 008

斑鸠的叫声从远村传来 / 009

初夏的阳光 / 010

五月，榴花绽放出火红 / 011

父亲 / 012

端午 / 013

秋日感悟 / 014

秋雨 / 016

画面 / 017

高粱 / 019

小镇 / 020

小村 / 021

腊月，一个温暖的符号 / 022

腊月集市 / 023

清晨，被一阵鸟鸣唤醒 / 024

回乡偶得 / 025

故乡的槐花 / 026

父爱，是一道走过的风景 / 027

秋日 / 028

红薯 / 029

在寒露的时光里回了趟老家 / 030

麦子熟了 / 031

夏收夏种 / 032

昨夜，下了一场雨 / 034

拜谒农耕馆 / 035

拆迁村 / 036

孤独的树 / 037

秋天，回了趟老家 / 038

故乡，那轮中秋的明月 / 039

落雪 / 040

红枣树 / 041

亲近一场雨 / 042

玉米 / 043

远村 / 044

雁声掠过静静的田野 / 045

打工妹 / 046

感受落雪 / 047

清明时节 / 048

乡村学校 / 049

乡村麦田 / 051

乡村醉酒 / 052

麦香 / 053

腊月 / 054

麦苗 / 055

老家 / 056

村路 / 057

望故乡 / 058

真想在秋天的原野喊几声 / 060

麦收时节 / 061

秋天的故乡 / 063

中秋感怀 / 065

阳光·秋天 / 066

家乡的板面 / 068

秋意 / 069

春节，让我们一同返乡 / 070

小满 / 072

麦子熟了 / 073

回家的路 / 074

父亲 / 075

母亲 / 076

同胞弟兄 / 077

家乡那棵红枣树 / 078

行走在九月的光阴里 / 079

麦子黄了 / 080

苦楝花 / 081

夏种时节 / 082

皖北的夏天 / 083

入梅 / 084

在腊月的时光里为您祝福 / 085

油菜花开 / 087

鸟鸣叩醒春天的窗子 / 088

走回村庄 / 089

老屋 / 090

一株幼苗 / 092

快递 / 093

一枝梅 / 094

辑二　激情岁月

七月，我是鲜红旗帜的一根经纬 / 097

重温《清平乐·六盘山》/ 099

镰刀·锤子·旗帜 / 101

长征精神 / 103

延安小米 / 104

延安窑洞 / 105

延安宝塔 / 106

重读《为人民服务》/ 107

七月感想 / 109

面向警旗 / 111

人民警察，一个英雄的群体 / 113

你的名字叫警察 / 116

交警，我为你感动 / 118

观电视剧《任长霞》/ 121

临泉 / 123

以春天的名义爱你 / 124

高铁时代 / 126

皖北，萦系在心头的情结 / 127

考验 / 129

洁白的灵魂 / 131

岁月隧道 / 133

印象阜阳 / 134

亲情界首 / 136

我爱你，界首 / 138

辑三　边走边吟

枫桥夜思 / 143

车过上虞 / 144

从春天出发 / 145

春望 / 146

行走在春光明媚的三月 / 147

紫燕 / 148

雨夜寄思 / 149

夏荷 / 150

细节 / 151

赶路人 / 152

云絮 / 153

街头乞行者 / 154

盲人老程 / 155

瞬间 / 156

落叶 / 157

麻雀 / 158

春天,在阳光所及的土地上 / 159

小草 / 161

向上的春 / 162

蚕豆花开 / 163

故乡月明 / 164

地方戏 / 165

纸张 / 167

颍河 / 168

蝉 / 169

芝麻 / 170

秋日拾零 / 171

转身而去的夏 / 172

立秋 / 173

草木之秋 / 174

遇见玉米 / 175

丝瓜 / 176

芦花白时 / 177

人生二阕 / 178

秋之思 / 180

心相印 / 181

向日葵 / 182

湖光夕照 / 183

菊赞 / 184

久违的梨花 / 185

雷峰塔 / 186

早春 / 187

六月 / 188

雪中的梅 / 189

坚强的柳 / 190

新年 / 191

小站 / 192

那轮故乡的月 / 193

沙颍河 / 194

春之声 / 195

致父亲 / 197

梨乡偶得 / 199

向日葵随感 / 200

转眼又是一个秋 / 201

怀念去年那场雪 / 203

温暖的红丝带 / 204

九月 / 205

秋天·雨水 / 206

孤独时,就想和你打电话 / 207

一朵菊的随感 / 208

咏樱桃花 / 210

又见梨花 / 211

短诗两章 / 212

六月,以花朵的名义爱你 / 213

梨花·梨花 / 214

一朵雪花温情地亲吻土地 / 216

梅 / 217

兰 / 218

竹 / 219

菊 / 220

季节 / 221

雁阵 / 222

冬天的阳光 / 223

移栽的油菜苗 / 224

四月，怀想一树紫色的泡桐花 / 225

洁白的槐花 / 226

遇见梨花 / 227

太和香椿 / 228

后记 / 229

真情绽放的诗歌空间和光芒

丁友星

应该说,在颍淮作家群当中,王贺鸿既是一位有影响力的诗人,也是一位有诗歌造诣的诗人。他不仅诗歌写得好,为人也好。数十年来,他给颍淮诗坛留下了极佳的印象,被众多的颍淮诗人所称道。我更是如此。因此,当我欣闻他要结集出版诗集《日出乡关》的时候,便十分乐意地想为他写几句祝词,以示我对他作诗、为人的一种认同。

和许多诗人的人生轨迹不同的是,出生于 20 世纪 60 年代的诗人王贺鸿,用他自己的话来说:曾经务过农、做过建筑、下过煤矿、拉板车贩卖过红盆、收过废旧物品、经营过药材生意等。后来,通过自身努力,他被聘在《界首报》从事记者、编辑工作。10 年后,报纸休刊,他又被分流到界首市公安局从事宣传工作 20 年,一直到不久前刚从岗位退休。无论环境怎样逆转和人生如何不易,他都未因此而消弭于世俗的、艰辛的生活当中,而是拿起笔展开了他的诗歌的畅想和新闻的记录。或许正是由于有这些生活阅历和知识积累,王贺鸿才真情绽放出他独特的诗歌空间和光芒,为颍淮诗歌增添了一分应有的光辉。

王贺鸿的诗歌空间不可谓大,也不可谓小,主要集中在乡情乡音、激情岁月和边走边吟上。在故乡,他感受到的是"月亮翻过老家的屋顶/故乡就在心头明亮起来/那里经历的一切过往/便在眼前再次清朗","因为脚下的路与那片土地紧紧相依/那些温热的启蒙犹在耳畔萦绕",时时让他"不能忘却那里是根",并且"深知这一生走不出老家的视野"了(《老家》);看到的是"五月风,在金色的阳光里疾速奔跑/一遍遍拂拭着大片生长的麦子/以势不可当的无畏精神/将皖北所有的翠绿淘洗成一派/金黄"(《麦子,让我们一起走向成熟》);听到的是"斑鸠的叫声每天都从远村传来/如催征的鼓点叩击心扉","夏天及属于这个时期的热烈"似乎"往往是在斑鸠声声的催促下/等来"的(《斑鸠的叫声从远村传来》);等等。在激情燃烧的岁月里,他崇尚长征精神,认为,"二万五千里,不仅仅是一个数字/迈开的每一步都是一种进取/雪山、草地、沼泽、高原/每一次面对都彰显一种奇迹"(《长征精神》);向往延安,把小米想象成"这个城市的符号/它质朴如陕北普通的女子/适合在每一道山梁上开花结果/吼一声信天游,就能使其茁壮成长"(《延安小米》),把窑洞想象成"不仅是一种朴素的建筑/它的深邃注定彰显出坚实的依靠/将风雨狂飙拒于千里之外/托举起大山的巍峨高耸云端"(《延安窑洞》),把宝塔想象成"是镶嵌于秦岭山脉一颗璀璨的明星","一直光耀我们/引领中华民族在新时代砥砺前行"(《延安宝塔》);重读《为人民服务》,"几十年过去了",当他今天"以共产党员的身份/重温这部历久弥新的经典"的时候,他的心情依然"像面对党旗宣誓时一样/心潮澎湃,充满力量/胸中时时涌动着一种向上的信念"(《重读〈为人民服务〉》);等等。在边走边吟的过程中,他和唐朝诗人张继来了一个"相距千年"的"不期而遇",并且在古运河边,想象着听他吟诗,听他轻叹,领悟他"千百年来涉过的不朽云烟"的神韵(《枫桥夜思》);和梁山伯、祝英台来了一个擦肩而过,但"窗外扑闪"的蝶儿扇动的"碧草青青",却向他"含着夜的珠泪/呈现出千年以前的一段幽怨"(《车过上虞》);和三月撞了个满怀,"不经意间",春色便着染了大地,姹紫嫣红便轰轰烈烈起来,鸟儿因此婉转着,新蕾因此炸开着,煦风因此鼓满胸襟,而细雨则开启了它润物和沁透心脾的里程,三月就像"春天的小令/平平仄仄,柔情万种/每个标点都注入万物生长"(《行走在春光明媚的三月》);等等,令人无限神思遐想。

　　王贺鸿的诗歌光芒不可谓不明,也不可谓不耀眼,它就像一盏能力较强的路灯忠实地坚守在道路的旁边一样,忠实地坚守在诗坛上,不仅为了照亮自己,还为了照亮过往的行人——哪怕是微不足道的。在照亮自己方面,他能从秋雨中感悟到大自然的哲理,"一场秋雨/是辞别另一个季节的真诚告白/挺过漫漫的炎热盛夏,一转身/便是一场缤纷的收获"(《秋雨》);能从回乡中感悟到人生的哲理,"在这片乡情里我日益衰老/回家的脚步感觉越来越重/一个招呼或一声乳名/都能溅起泪雨"(《回乡偶得》);能从雁声中感悟诗意:"在这个秋冬交替的季节/皖北大地沉淀得如此淡然/唯有头顶掠过的声声雁语/宛若平仄的诗行延伸远方"(《雁声掠过静静的田野》);能从高铁中感悟到时代精神,"越过城市/越过乡村,明媚的原野上/一群白鸽飞过蔚蓝的天宇/哨音洒满一地吉祥,奔腾的龙/载着希冀,向长空发出示威/从此,我的皖北,我的乡亲/启航的梦想将与时代齐驱"(《高铁时代》);等等,让人一下子感受到了他的理想、追求和精神境界。在照亮过往的行人方面,他能从人生的经历中找到感悟,并把它分享给每一个过往的行人,他发现:"一生如草芥,路长亦很短/负重前行,是每个人无悔的选择/经历了太多的黑夜与星光/终会遇见久违的曙色。"但是同时,他也发现:"苦苦求索,也许倾其一生的奋起/春天的花开了又谢/收获时总感觉分量很轻/曾经涉足万水千山/不觉间霜雪飘落发梢。"然而,他却坚信,"不间断地抬头望路/前方的期望始终其犹未悔",表现出了一种积极向上、乐观阳光的心态和思想情怀(《人生二阕》)。

　　一言以蔽之,王贺鸿的诗歌之所以能够走到今天,能够位居颍淮诗歌的前列,说到底,与他的诗歌充满真情不无关系。真情是诗歌的生命,它贯穿着整个诗歌的存在和发展,正如华兹华斯在他的《抒情歌谣集·序言》中所说的"诗是强烈情感的自然流露",如托尔斯泰在他论艺术的过程中所表达的应该通过情感来说明艺术的本质一样,王贺鸿的诗歌对真情的追求无疑是正确的。

是为序。

(丁友星,中国文艺评论家协会会员,安徽省阜阳市作家协会主席。)

辑一 乡情乡音

辑二 激情岁月

辑三 边走边吟

麦苗青青

麦苗青青，是皖北冬天的景象
阳光轻拂大地，和煦而柔软
晶亮的露珠在麦苗叶尖

扑闪着希望的光华。有风吹过
梦幻在一望无际的田野起伏
平平仄仄诗意了皖北平原

一列疾行的动车打破静谧
麦苗顿时颔首为恭亲状态
几只安于现状的麻雀立于高压线上
独享着不期而遇的季节变换
不久会有一场纷纷扬扬的大雪降临
麦苗在一夜长梦里便迎来春天

麦子,让我们一起走向成熟

五月风,在金色的阳光里疾速奔跑
一遍遍拂拭着大片生长的麦子
以势不可当的无畏精神
将皖北所有的翠绿淘洗成一派
金黄

清明前后的纷纷细雨
没有减弱麦子昂扬的锐气
在这个辉煌的五月,依旧向人们
散发含蓄的光芒

行走在五月的光阴里,夏季风
会穿梭于每个角角落落
驱散以往那些藏匿的阴霾
让所有的日子都渐次光明起来

这一生,我对麦子倾注了很深的情感
尽管它给过我歉收的无望
但我们始终相依为命
在一个个漫长的期待中紧紧抱团

我珍爱这一望无际的金黄
在每个饱满的日子让我心怀感激

和我情同手足
面对灾难或幸福都是坦然以待

转眼,又相拥在五月的季节
这是历经寒冷后难得的温暖
我会加倍珍惜来之不易的美好
然后,和麦子一起走向成熟

泡桐花

将漫漫的苦涩留给了四月
那抹淡紫依然灼痛回忆
它像伴我一起长大的邻家女孩
风雨如晦的岁月曾相望相近

这些年泡桐树越来越少
宛如拆迁的村庄同时消失
不禁联想唢呐声中远嫁他乡的女子
泪眼回望的一瞬了无声息

五月的时光容易勾起一些旧事
那葱茏的过往常常溅湿梦乡
想起泡桐及绽放枝叶间的那串
淡紫
就想走回去，打捞久违的一些乡愁

老家

月亮翻过老家的屋顶
故乡就在心头明亮起来
那里经历的一切过往
便在眼前再次清朗

我在工作的小城时常想家
想那片曾经逃离而又温暖的地方
每个炊烟袅袅的晨昏
那一声轻叹与向往冉冉升起

贫穷,曾使我发奋进取
就像坚硬土层下的一粒种子
在漫长的春季里微弱生长
从此,我以感恩的心面朝阳光

我深知这一生走不出老家的视野
因为脚下的路与那片土地紧紧相依
那些温热的启蒙犹在耳畔萦绕
时时让我不能忘却那里是根

麦苗,在一场春雨里茁壮

一场喜雨在当春的三月发生
随风潜入皖北大地
整片整片的麦苗以昂扬的姿态
向阳而生,春光中
茁壮为势不可当的一种气派

麦苗,麦苗
最能代表皖北农业的植物
与生活在这片土地的人们息息相关
隐于心头的那些欢欣抑或忧虑
都同麦子的命运紧紧连在一起

我习惯于每一次深入麦田
俯视那些春风里起伏的绿涛
胸中就会涌起一种激动和敬爱
我深深理解每一个麦穗的成熟
都融入了春天冷暖的味道

斑鸠的叫声从远村传来

乡村五月,是在斑鸠声声的啼叫中
向我们款款而来

斑鸠的叫声每天都从远村传来
如催征的鼓点叩击心扉
这时,油菜开始收割晾晒
麦子正泛出杏黄的本色
探春的花草已渐渐隐于江湖
每棵树木又随之盛装登场
夏花如约烂漫,蝶们翻飞其间
有艾香缕缕盈袖,氤氲了日子
五月,像是一个用心设计的舞台
一切都在静好岁月里呈现

不久,就要开镰割麦
这于身处皖北的人来说是一场鏖战
夏收夏种多年在这里被称为"双抢"
乡亲们倾其所有迎接期待已久的壮举
在乡村,五月是一个纷繁且漫长的过程
往往是在斑鸠声声的催促下
等来夏天及属于这个时期的热烈

初夏的阳光

初夏的阳光是一束温热的视线
俯瞰广袤的大地一片金黄
蓬勃的希望从田野出发
自江南至塞北,蒸蒸日上

淮北的初夏是从油菜结荚开始的
然后就有了麦子拔节抽穗
泛黄的芒刺直向青天
与太阳的光辉交相辉映

初夏的阳光是父辈们守望多年的一种默契
是贯穿二十四节气的一根根经纬
是镶嵌在民歌里的跳跃音符
生生不息,经典流传

迎着那一缕光芒
我们背对风雨,走过坎坷
让阅历在一次次跌倒中又站起
然后一同融入灿烂辉煌的岁月

五月,榴花绽放出火红

在布谷的声声啼鸣里
五月,榴花绽放出火红
这是入夏不可抵御的热情
触碰着皖北平原一脉奔涌

麦子饱满迎来收割
村庄正陷入繁忙景象
房前屋后跳跃的榴花
点缀成乡村振兴的音符

我对榴花一直情有独钟
这时节,我会从小城赶回老家
只为赴一场怒放的花期
及乡情里那段牵挂

儿时的榴花曾点燃一束梦想
那抹火红让思想延伸至远方
从此,无论行足于哪个城郭
故乡的榴花依旧是我的张望

父爱

小时候,我是父亲面对的一株幼苗
在他一天天的打理中
我朝着向上的方向成长

父亲的爱是他最大的期许
使我能成为一棵像模像样的树
历经一番大风大雨过后
依然坚守成一道风景

父亲在岁月里一天天渐渐变老
我应该没有用心留意
从他弯下的腰脊及深深的皱纹里
读懂每个日子对他都藏着艰辛

如今,父亲已融入那片泥土
他深深爱过的禾苗仍一年年茂盛
我常常选择某个日子回家
在父亲长久相依的庄稼地头
深深鞠上一躬,内心涌满酸楚

端午

在丰茂枝头的花喜鹊啁啾中
夏就浓了,端午随之而来
这时,新麦已进入仓廪
地里的庄稼苗拱破土层
在端午的时光里幸福生长

午收的工具已静闲下来
挂起的锄头重新摘下
在骄阳的一天天烤晒下
我敬爱的乡亲们陆续深入田间
他们仍习惯于锄禾日当午

村子似乎比以往静了些许
艾与粽的清香盈满每个庭院
这一年一度的传统节日
让他们的日子顿时灵动起来
热烈的阳光正拂拭着一张张笑容

秋日感悟

处暑过后,就有了些许秋意
雁语掠过瓦蓝的天空
那些芒种前后播下的种子
已一副丰收在望的气派

我也曾经是地道的农民
对二十四节气情有独钟
年复一年的分明四季
让我对土地怀有割舍不了的情愫

过往的岁月里,我和乡亲
多少回抬头望天
每一个晴暖抑或阴冷的天气
都会带给我不一样的表情

又是一年秋光环顾大地
那些同我一起播种和收获的父辈
大都已融入故乡这片泥土
他们的魂灵即是一茬茬兴衰的庄稼

走了很远,当我再次返回乡村时
感觉一场轻霜自头顶飘过

宛如脚下这块坚实的厚土
顿时显得凝重且富有思想

秋雨

天旱了有些时日
一场雨,随风潜入夜
雨滴一阵紧促一阵缓慢
如散落玉盘的大珠小珠
叮咚作响,成为悦耳的协奏

这样的天气,我时常伫立于窗口
遥望老家的方向
那些尚在地里生长的庄稼
它们该是怎样的一种心境
一如我儿时一起长大的伙伴
岁月里他们不再经历煎熬

一场秋雨
是辞别另一个季节的真诚告白
挺过漫漫的炎热盛夏,一转身
便是一场缤纷的收获

画面

那年九月,秋天的时光正铺展开来
艳阳高照,将田野涂抹得五彩纷呈
庄稼的熟香,在阵阵金风的送爽里
沁人心脾,也撩拨着脸上的沉默
此时,父亲和我正埋头收割那些
初夏时节播下的五谷。一阵鸟鸣
洒下一串悠扬的呢喃,又飞向远方
我起立,伸了一下被汗渍浸透的腰身
目光所及之处,心里涌满酸楚

这时,一列火车从远处驶来
节奏铿锵的响声撞击心扉
父亲也禁不住放下手中的活计
他缓缓起身,眼里迸发出强烈的渴望
大半辈子都没有走出一亩三分地的他
此刻,心里是怎样地五味杂陈
他最大的期许该是坐在那个车厢里
抵达一个叫不出名字的远方城市
但是,他这个不大的心愿始终没能了却

多少年过去了
我和父亲劳作的画面深深
刻在心底

时逢秋天,就不自觉地展现在眼前
使我在这个季节里含有淡淡的愁绪

高粱

在秋意渐浓的光阴里
高粱,皖北平原上的一枝独秀
头顶一团火红的晚霞
在众多的同类里,彰显出
它卓荦不凡的傲慢与凌厉

于我而言,高粱是一种精神
是对有养育之恩的脚下这方水土
存在不可抵制的叛逆和回馈
这种复杂的心理感应
一直深藏在胸中蠢蠢欲动

多年以后,当我从村庄走出又走回
这种感觉历久弥新
每次在秋天的暮色里仰望它时
内心深处就常常有一种愧疚和不安
特别是在目睹大片成熟的高粱倒下之际

那一瞬,是它对土地最虔诚的礼敬

小镇

老家离镇三公里
小时候赶趟集约走一小时
从村子到镇上那条曲折的土路
我不知走了多少个来回

小镇过去的名字叫税子埠
依靠颍河湾里，占据一方水土
小镇的码头曾光鲜得名噪一时
像一面镜子细数往来点点帆影

在那熙熙攘攘的人流里
我是小镇鸿篇巨著中的一个标点
走走停停，曾经一步一回头
注定今生我与她有着不舍情愫

那条通往镇上的村路早被硬化
拓宽的街道也改变旧时模样
她沧桑的容颜上绽出久违的芳华
岁月里我已渐老，小镇依然年轻

小村

小村马庙,一个寻常且俗的名字
庙的标志是小村的一种胎记
二百余户人家,十几种姓氏
组成村庄的个性与张扬

我把自己比作那片土地上的一粒谷子
经历苦难,经历风雨
我在寒冷的气候下抽出一抹幼芽
心仪阳光和温暖是我最初的使命

沿着乡间一条条弯曲的道路
我来来回回度量着人生的成长
路的尽头即便延伸向远方
也是我与村里伙伴们执着的向往

春夏秋冬,我同小村共命运
承载冷暖,承载悲喜
一阵咳嗽就能感受到村子的心跳
轻声呼唤就会令我泪水盈眶

腊月，一个温暖的符号

抖搂一身霜雪，迎来腊月
迎来红彤彤的好日子
无论身处何地，回家过年
是我们满怀期许的共同心愿

疲惫的脚步刚刚踏上故土
一股暖流瞬间扑面而来
有声声唢呐
不绝于耳
奏响喜悦红火的岁月

烫金的"喜"字映亮庭院
谁家迎来新人添丁增福
村头的蜡梅曾几度绽开
春联里道不尽春满乾坤

腊月，对于久居村庄的人们
是一个温暖的符号
送走旧历，迎来新年
美好的奔头从春天迈开

腊月集市

一场雪后
集市顿时变得异常活跃
反季节蔬菜从不同角度涌来
烂漫在腊月的巷尾街头
渐次呈现吉祥的笑靥

归来的游子们操着南腔北调
他们融入集市的身影
让古老的小镇焕发生机
每年都禁不住远方的诱惑
但家乡集市永远是心头的不舍

一声叫卖和拖着长腔的吆喝
唤醒小镇久远的岁月
起伏的声音激发乡情里几多年味
走千走万总走不出家的范围
唯有腊月最是一年的挂怀与惦念

清晨,被一阵鸟鸣唤醒

在最是人间四月天的时令里
清晨,被一阵鸟鸣唤醒
婉转的歌喉轻叩静谧的黎明
从春分的光阴里款款走出
抖搂于梦醒时分的窗前
溅起平平仄仄的优美断章

穿衣起床,不负春光
徜徉在浓浓的暖意之间
让心中的诗情与鸟鸣形成呼应
伴着一缕灿烂的曙光
我们走过清明和谷雨的节气
然后步入夏的青涩

回乡偶得

老家恰是春意正浓
看花木举起层层翠绿
氤氲了村庄的静谧
那场清明时节的纷纷细雨
使广阔天地的麦苗疯长

通往阡陌的路这般纯净
有零落的花瓣随风浮动,以及
草芽探脑争相挤眉弄眼
谁家孩童牵手高远的纸鸢
无邪的眸神里溢满期许
此刻,我联想起一些少年时光

在这片乡情里我日益衰老
回家的脚步感觉越来越重
一个招呼或一声乳名
都能溅起泪雨

故乡的槐花

这是乡村四月最美好的时光
槐花盛开如雪
童话般迷离了所有眸神
暗香浮动,拥满温婉
每一串抑或每一朵的怒放
都勾勒出对春天的一往情深

那一年,我从故乡走出
槐花袭来的一抹逼仄
曾是我一步一回头的不舍
难忘她阳光般明媚的微笑
宛若一缕挥不去的乡音与乡愁
嵌在怀念中又一次次入梦

在每个春天的光阴里
我都会不经意间走回故乡
一如槐花岁岁开在枝头
每次偶然的邂逅
让我想起曾经的青葱岁月
她舞动春风的刹那令我心动

父爱,是一道走过的风景

你的笑容,曾是这个世间
最动人的一种灿烂
花白的头发,扬起自信与满足
你的笑声,让我的天空很蓝
像鸽哨从童年的光阴划过
那般宁静,那般祥和

你是我生命依靠的一棵树
给我温暖,也给我凉意
是我走过风雨歇息时的一个驻足
你的目光是雨后的那道彩虹
迎着一抹晴天,我一步步
丈量出人生的里程

父爱,是一道走过的风景
沉淀于沧桑记忆间,历久弥新
殷殷的爱亦是一种痛啊
在岁月的淘洗中愈加清晰
一次次品味的过程曾经泪眼蒙眬
那爱,深深镌刻在我成长的年轮里

秋日

白露过后，秋就浓了
村庄、田野，在日渐凋零中裸露
成熟的果及所有秋实
是大地对人类付出的回馈

今年的收成不顺
多雨，挫伤了庄稼的生长
就像我进城打工的兄弟姐妹
在苦苦的期待中收入锐减

每年的这个季节
我都在工作的小城遥望乡村
关注农事，是我骨子里的本能
那些割舍不了的亲情常使我内心酸楚

期盼每年都能风调雨顺
成为我在这个季节的忠实守望
祈祷丰收，接纳平安
我与他们的心跳始终融为一体

红薯

我想,在整个皖北平原
红薯应该最能代表秋天
在那经久过往的年月里
她曾是喂养了我和乡亲的奶娘

岁月在更替中变迁
步入康庄大道的皖北人民
仍以怀旧的朴素方式感念红薯
感念那些挥之不去的流年

在秋意渐浓的时光里
我一遍遍抚摸着刚出土的红薯
一如亲近我白发苍苍的老娘
让我在这个秋天里深深感恩

在寒露的时光里回了趟老家

时令已进入暮秋,有凉意徐徐袭来
骑上单车,傍晚时分回了趟老家
距离不远,仅半个小时的路程
就可抵达那片生身之地

因前些时日的持续阴雨
地里的庄稼仍有大片尚未收割
若是天气调顺,这个时节
该是开始繁忙的耕播阶段

抬头望天,已是一片晴朗
我和乡亲的脸上不由得露出一丝微笑
即便离家多年,我的心情
也与他们保持一致的阴晴圆缺

那片喂养了我成长的土地
曾给予我太多的喜怒哀乐
是融进骨子里最为深刻的情怀
每每忆起,就使我泪眼婆娑

麦子熟了

夏季风一日千里地追赶
云雀啾鸣,声声催唤
皖北,麦子熟了
阳光以它质地的染色
令无数金黄的芒刺直指青天

麦子,皖北平原最为重要的农作物
曾以她的高贵抑或朴素情感
轻拂着这片土地及乡亲
炽热的大爱自胸腔喷薄而出
让一代又一代人感激涕零

只待开镰的阵势摆开
整个皖北大地顿时应声而起
将希望揽入心怀,将喜悦扬在脸上
多少年来,多少个这样的场景
我和我的乡亲都曾融入其中

麦子,深情地喊一声你的名字
我会瞬间热血沸腾
沿着你亘古不变的一缕脉络
我于乡村长大,然后又走进城市
但每年我都禁不住你的一声声召唤

夏收夏种

过了夏收,接着就是夏种
每年,他们就像一对孪生兄弟
在庄稼一茬茬成长的过程中
历经阳光和雨水的一次次轮回
迎来夏天和秋天两季收成

老家皖北盛产麦子和大豆
一麦一豆,是那片土地的传统作物
每年,我的父老乡亲
一代又一代,都背朝青天
精心侍弄着那些心爱的禾苗
像对待自己孩子般深情

我也是那片土地上的一粒种子
在逆境的冷雨里发芽,抽枝
与他们一起品尝人生的诸多况味
后来,我背离了那片乡情
怀揣一缕梦想走进城市
一如故乡那朵飘游的蒲公英

每个星子如豆的夜晚
我都习惯遥望故乡的方向
寻觅属于那里的点点悲欢

以及关注他们的收成
又是一个夏收夏种的迎来送往
故乡,愿您播种梦想,收获希望

昨夜,下了一场雨

我一直没有入睡
就站在窗前,看雨听雨
思绪的翅膀被雨水打湿
沉沉的,不堪重负

此时,我想起老家
仿佛谛听到庄稼拔节的声音
老家人也应该像我一样尚未入眠
他们担心道路积水,田地被淹
一如我此刻心情,忧虑重重

多少年过去,我一直拥有这种心态
在城市的一隅时常关注农业
以及来自家乡的一些人和事
那些经年的过往不自觉地浮上心头
与他们一起大悲抑或大喜

拜谒农耕馆

走进去，如穿梭岁月的隧道
它们宛若列队的士兵
刚从历史的云烟里走来
蒙上厚厚的一层尘埃与沧桑

目睹古老的农耕产品
在民歌的轻拂下时隐时现
倾诉着传统的勤劳和拙朴
此刻犹能聆听到土地深沉的喘息

当这些浸透着祖辈汗渍与泪痕的农具
再次呈现于后人眼前时
我脸上的笑容戛然而止
他们的壮举和智慧让我感动并鞠躬

拆迁村

拆迁户从低矮的瓦房农舍
搬进了高高的安置楼里
从老一辈习惯多年的蜗居方式
转换为城镇化的市民生活

那片仅生长五谷杂粮的土地
日渐被层层绿化林取代
一座座墓碑是祖辈们的另一个家
依然安放在赖以生存的故园

不再日出而作日落而息的后生
每年都背起行囊远走他乡
打捞着远方的喜怒哀乐
老家的影子在怀念中一次次潮起潮落

孤独的树

行走在乡村的每一个方向
随处都能看见孤独的树
被冬天脱去盛装的缤纷
一夜间它们如此寡言沉默

抚摸着每棵树的躯干
都能感触到它的屏气、呼吸
少了燕飞雀跃的啁啾
村庄像是寂静了许多

在深冬，雪是树的花叶
想象每个日子都张开翅膀
将期望沉默成金
等待春来，等待人归

秋天，回了趟老家

秋意渐浓，回家的路
就愈加显得短促
那年春天，我从乡间走出
是遗落在城市的一粒种子
时逢秋天，我禁不住抽穗熟稔

阳光洒满有些弯曲的水泥路面
两侧的树叶被秋色染得五彩缤纷
田野里那些颔首的庄稼
曾是我少年时最亲密的伙伴
他们不改初心的坚守让我热泪涌流

今年这个秋天雨水偏多
成片的庄稼仍在田地里煎熬
宛若乡亲脸上掠过的一丝愁容
转眼秋收一天天抵近
我想以明朗的心境擦亮天空

老家，在那片不舍的乡情里
有我渐渐老去的亲人
以及春苗般茁壮成长的后生
他们都与我怀有同样一种心态
在这个秋天里聚首，不离不弃

故乡,那轮中秋的明月

每至中秋,故乡那轮明月
总自村头缓缓升起
一次次照亮我远行的路
循着那缕月光
我又一次次找回家的方向

每年,月光如期而至
我总禁不住朝着故乡的方向眺望
那片溶溶的月色里
曾经丢下我太多的悲欢
以及成长过程中一些轻叹与誓言

今年,伴着那轮圆月
我要回趟久违的故乡
在那片厚重的土地上
感受亲情的博大和爱抚
让明月倾听我们一路走来的欢欣

落雪

一场雪
一个冬天如约而至
期盼了很久,遥望了很久
终于等来了一场雪

落雪的冬天,不冷
感觉很暖
那层厚厚的洁白
将村庄严严实实覆盖
那第一个踏出雪路的人
让我无比感动
雪地里一串脚窝尽管很浅很浅
却能让我找到回家的童年

不久,一场暖阳过后
又将是一个春天的开始
冰雪消融,弹奏起怎样一曲缠绵
故乡啊
你又将离我太远太远了吗
我期待一个向荣的景象
栖息在心头,永远不走

红枣树

故乡那株生长多年的红枣树
岁月的风雨里历尽沧桑
一如吃尽苦头的父辈
默默承受春夏秋冬的熬煎

那株红枣树
常常错过春季开花的时光
适逢初夏,才绽开一树米黄
苦涩的蕾,能酿出最甜的蜜

那株红枣树
童年仰望她高入云端
满树的花及缀满枝头的果
使我的年华里融入了酸甜苦辣

如今,我离开老家多年
那株红枣树依旧在故土舞动云霞
她甘甜的果汁滋润过我的心田
无论行走多远都会想家

亲近一场雨

适逢夏至刚过的日子
一场雨,随风潜入夜
云层隐没了闪耀的星子
乡村静极了,唯有梦
在向另一个节气延续

田地里一片沸腾
那些播下不久的作物
呈现出向上的姿态
它们从不拒绝阳光和星辰的赐予
在一场雨后蓬勃地向往秋天

亲近一场雨
犹如聆听母亲的殷殷叮嘱
当我每一次返回乡间时
内心都会充满感恩
就像庄稼每一次体味雨水

玉米

这是皖北大地的骄子
一年又一年,无私地
亲近着我和乡亲

玉米是组成血管的不可或缺的动脉
在离合的悲欢中
始终对我们不舍不弃

一场夏雨,催生了玉米的茁壮
拔节的声音在静夜奏鸣
一阵风,就能掀起惊涛骇浪

玉米的精神曾给了我诸多启发
它们向上的品质让我心生敬畏
一种崇高情怀,一直滋养着信念

远村

远村不远,其实
就一直萦绕在我心头
村落、树木及被掩映的屋舍
还有地里那些茂盛的庄稼
都与乡音一起交织在四季里
成为割舍不了的一种情结

一声鸟鸣,就能唤我回家
寻着扑面而来的乡情
我重新拾起遗落很久的光阴
那时的童友也两鬓霜染
他们的盛情依旧不减当年
当我们推杯换盏之时
一轮圆月,一不小心就掉进酒里

雁声掠过静静的田野

一场秋雨过后
转眼霜降不约而至
那些播下的麦粒拱破土层
绿意渐渐覆盖了静谧的田野

几声雁语,打破时光的寂寥
瓦蓝的天宇如一幅水墨长卷
抬眼眺望辽阔的平川
一抹幽思徐徐展开

在这个秋冬交替的季节
皖北大地沉淀得如此淡然
唯有头顶掠过的声声雁语
宛若平仄的诗行延伸远方

打工妹

你是故乡庭院的一抹绿
无论走到哪里
根须,都植在
这片沃土上

你是故乡头顶的一朵云
任风吹雨打
都移不开殷殷乡情里
那片晴空

三分惊恐七分梦幻
涉足村外的精彩世界
告别世袭的农业和无奈
双手铺开生命的色彩

感受落雪

是对这个冬天的一种预约
四季分明的村庄
张望成惊喜的状态

雪儿　是冬的默契
所有的非分之想都悄然逃遁
认真地去珍视一场落雪
该是我们面对这个季节的
一种信念

今夜无眠
我听到麦子最美妙的呓语
以及被雪覆盖的朴素农事
一切的谎言和浮躁，此时
都被轻轻拂去

瑞雪初霁的早晨
我的心开始启程
沿着雪线抛出的足音
让思想抵达某个城市抑或村庄

清明时节

清明时节雨纷纷,因而
就多了一些缠绵抑或思念

老家在春的深处
那里麦苗苗壮,野花缤纷
暖意浓浓的光阴里
父母安详地躺在一片翠绿之中

每年的这个时节
我就仿佛听到一种呼唤
有亲情在远处声声喊我乳名
禁不住使我抬起回家的脚步

我生活了几十载的村庄
已是旧貌换了新颜
被水泥硬化的阡陌
两侧的绿意扑面撩人
春光中我走近父母的坟茔
与他们默默相守并对话良久,随后
泪水就不经意滑落进清明的土壤里

乡村学校

那所乡村学校
离我居住的庄子约两公里
一条蜿蜒的阡陌小道
丈量了我童年和少年的所有时光
在通往那个学校的路上
我的身影被夕阳一天天拉长

我读书的学校异常简陋
茅草屋顶和泥巴课桌
是滋养我以知识的整个过程
给我们授课的人被称为民师
他们拿队里的工分和很低的补助
用精神喂养着我们及他一家老小
最动人场景是升国旗的那一刻
随着旗帜的冉冉升起，飘扬
我们胸中就有一股暖流不断涌动

过往的岁月尽管已离我很远很远
每次回故乡总想看一眼我的母校
那被楼宇取代的校舍还建在原处
窗明几净的教室
我宗族里的孩子于内端坐

他们扬在脸上的幸福表情
隐含了我苦难中成长的向往

乡村麦田

初冬,回到故乡
最爱看的是田地里的麦苗
那拱破土层的绿意呈现一派清新
即使寒气逼袭,也坚毅向上

对于麦田的挚爱
缘起童年饥饿的岁月
每个麦苗疯长的春天
正是村庄青黄不接的无奈
于是,对麦粒饱满的渴望
是我和乡亲孤注一掷的企求

历经多少麦子由青变黄的季节
曾与乡亲共同走过一场场悲喜
我祈望每年都落下一场瑞雪
将麦田严严实实覆盖
然后,等来一个回暖的日子
旷野上呈现一派葱茏

乡村醉酒

回家,是我对故乡的不舍
那融进血液里的亲情
常常在我心底暗自涌动
尽管父母都已作古,老家亦是故乡
念起生身的村名就耳热心跳

每次回到小别的老家
我都被浓浓的乡情挽留
推杯换盏的激动时光
眼神里传递出热烈的真诚
不醉不归,是家乡人多年不改的厚道

我踉跄地走在绿树掩映的村巷
醉眼蒙眬地向每张熟悉的面孔问好
酣畅淋漓中我与熟识多年的父老
重又拉起那些过往已久的家常

我思绪紊乱,醉话连篇
但从不忘却的是那血浓于水的亲情
这是给我宽厚与包容的故乡啊
是我渴望走出又禁不住走回的地方

麦香

金色的阳光从南至北
染黄辽阔的皖北大地
麦的芒刺张开无数希冀
与广袤的蓝天遥相对视

麦子的香味扑面而来
仿佛一夜弥漫整个村庄
这是多么诱人的一种气息
一代又一代，喂养了我的乡亲

每年的这个季节
我的心情都无比亢奋
曾让父辈和我渴望已久的麦子
是皖北平原最真诚的馈赠

杏黄色滚动的麦浪啊
是童年最美的一帧画卷
每一回闻到麦香
我都能触及故乡的心跳

腊月

腊月,是从乡村集市开始的
是从留守孩子企盼的眼神中走来的
一根青翠的竹
摇动惊喜的枝叶,那么
就有一朵梅伫立于村头
眺望着远行的雁群
曾经划过寂寥的时空

声声唢呐,经久地
从庭院袅袅浮出
那掀开红盖头的一瞬
惊艳且醉美了冬的日子
故乡的村庄啊
今生总有一些往事
深深地植入这片土里

腊月,亦是雪花的春天
那纷纷扬扬的舞姿
飘逸成四月梨的花瓣
装点并灼热了这个时令,一直
延续到与新年的礼花相遇

麦苗

麦苗的根系深深扎入
故乡的土里，正是隆冬季节
硬化的水泥路面
蜿蜒地伸到阡陌之中

在春寒的皖北平原
我走进生活多年的庄子
久久地站在村头的田地边缘
与一望无际的麦苗对视

仿佛听到一种声音向我呼唤
那是越冬小麦的呐喊，此起彼伏
以迅雷不及掩耳之势穿过时令
我的胸中顿时热血沸腾

那是怎样一种生命的亢奋啊
像是从远古走到今天
虽历经太多严寒的漫漫长夜
仍生生不息地占据了整个冬天

老家

她是一片生长粮食和青草的土壤
我仅是一只流浪的羔羊
走过繁星满天的长夜
我一次次向她奔袭而去
是老家将我一天天喂养长大

从这里走出又走回
历经了太多跋涉与坎坷
外面的风雨将我无情抽打
在泥泞里多少次滑倒
又在阳光下一回回站起
是家的方向给了我前行的支撑
就这样走了很远很远的路
不经意间头上落满岁月的雪霜

老家是今生割舍不了的一段缘啊
含辛茹苦的父亲
已安详地躺在厮守了一生的土地里
如今,抱病的母亲
也正值风烛残年
不久,老家就会成为故乡
我回到生身之地的那个村庄
将一年比一年少

村路

那条路很长很长
长得无法计算出里程
在那条路上我走过几十年岁月
丢失了很多的欢乐和忧伤

凝视着那条没有尽头的路
我常常一脸迷惑
路的远方有着太多太多的渴望
心和梦都不知该怎样才会抵达

路的那头有很高的楼很宽的街
以及向我莞尔一笑的女子
她很美,像村头池中一株绽放的莲
那双哀怨的目光也常常投向远方
最终她被一个外乡人采去

多年后我终于挣脱那条路的脐带
步入我余生生活的这座小城
让梦的色彩在这里一点点绽出奇异
每次回望走过的那条满布坎坷的路
心就禁不住一阵阵疼,泪眼蒙眬

望故乡

站在寒冷的季节
我曾一次次向你张望
期盼的春潮在胸中涌动
飞雪飘至
挡不住迈向你的脚步

故乡虽正严寒
却有春意在村头萌动
那一枝耐岁的梅
年年拨弄暖意的讯息
倾诉与谁

我是你漂流已久的游子
曾错过了一个又一个四季
一幕幕浮过眼帘的春花秋月
每次回望总伤怀,隐隐作痛
流年不经意间就打湿夜梦
故乡啊,你可安好

今年的这个冬天特别寒冷
三十年未遇的一场大雪覆盖故乡
让我深深回味了久违的童年
今晨,我要起个大早

在雪地上踏出一串脚窝
沿故乡阡陌找回丢失的过往

真想在秋天的原野喊几声

这是一个最为庄重的季节
成熟的庄稼一天天丰腴起来
诱人的穗香掩饰不住地
充盈了整个平原

秋天的田野静极了
一阵风就能哗哗抖出惊喜
感受起伏的一层层秋浪
我动情地躬身泥土

真想在秋天的原野喊几声
让所有的大悲大喜
都以地道的方言
融入乡情,融入秋天

我的喊声会穿透
一片又一片青纱林
让大平原辽阔的情思
在这一刻与我产生共鸣

麦收时节

一场雨后
以六月最美好的日子
迎来麦熟开镰

大地一片金黄
和太阳的颜色一模一样
乡村的路沉寂了半年之多
顿时有了花花绿绿的人群
那是故乡的一声呼唤
游子就寻着乡音赶回

轰隆隆的收割机
在原野演绎成交响乐
成片的麦子
以感恩的姿势倒下
去亲近养育自己一生的土地

麦收时节
总有过多的牵念留在乡间
总有一种不舍在思绪里缠绕
不管丰收与否
那一缕乡愁

总让我们禁不住
迈出回家的脚步

秋天的故乡

秋天的故乡
是一幅年年更换的挂图
岁月漂泊的日子
让我心头泛起一丝忧伤

有水鸟飞过田间的池塘
一片涟漪荡起一层心事
水草在塘边依然茂盛
让我再次想起
那曾为我开花的容颜

皱纹不经意间就爬上额头
像一条条阡陌
深深地嵌入无垠的秋野
一声雁叫
就能撩起热泪两行

过了霜降
不久就会迎来一场小雪
那一拨年轻人背井离乡
村落一派凋零

我和他们一样
期盼着又一个春节的临近
让故乡敞开心胸
接纳我们酸与苦的经历

中秋感怀

转眼又临中秋
岁月仿佛瞬间变得凝重
沉甸甸的五谷是大地捧出的盛馔
村庄在肃穆中品味着过往匆匆

依旧是一轮满月悬挂高天
照亮年轮里的几多欢愁
不变的乡情烈性如酒
忙碌中又老了几多颜容

故乡是装在心头的一粒种子
逢春发芽，遇秋丰腴
唯有在每年这样的夜晚
才愈加感到夜露渐浓，乡思亦浓

阳光·秋天

阳光的翅膀轻轻扇动十月的日子
秋天,就向我们款款走来
带着热烈,带着情深
大地到处回荡着丰收的喜悦

沿着十月的村路
我们深入广袤的田野
在这个撩人的季节里行走
总会按捺不住一种冲动
那阳光下羞涩的五谷
透着无比的馨香
弥漫了整个空间
直至沁人心脾

拥有这个十月的秋天
会使你成为最富有最幸福的人
白云擦拭着瓦蓝而高远的晴空
雁阵不时洒下一串串呢喃
让你记起比童话还要精美的片段
再度感受很悠远但朴素的流年
这时,你会情不自禁地接受一种劳动
和他们一起流汗、弯腰
体会对土地的深深感恩和热爱

在另一个洒满阳光的秋日早晨
我们走过新翻的土地
湿润的泥香扑面袭来
然后，在这个日子里
我们播种来年的希望
让秋天的阳光延续农业持久的翠绿
择一个秋高气爽的正午
让装满喜悦的收获
抵达城市的每个角落
在此起彼伏的街市声中
我们精心采撷每一片繁荣与憧憬
让阳光般亮丽的都市音符
奏响乡村振兴的协奏

家乡的板面

一碗热辣的面,独特地
氤氲了老家的小城及村镇
随后,以勤劳的姿势
让翅膀生风,占据
中国大大小小的城郭

我是老家一只疲于奔袭的鸟
但飞翔,是我既定的使命
每到一处,家乡的味蕾
都让我禁不住停歇脚步
太和板面,仅一碗下肚
那份唯美的食香,足以
让我感受到母语的温热

一碗注满乡情的面
如今,伴着那轮明月
漂泊他乡,竟也走出国门
那份老家的食谱,简单地
种植在异域的土壤上
生根、开花、灿烂

秋意

芦花白时,秋水渐凉
故乡迎来一个收获的季节
玉米、大豆、红薯、高粱等作物
堪称淮北平原上的精灵
谷粒饱满地呈现
是它们对这片土地深情的馈赠

不久,再有一场秋雨
土地像翻个身似的陷入肃穆
耧铃该是这个秋日最悦耳的音乐
然后,播下小麦
等待遍地的绿意覆盖厚土
秋,便悄然迎来一场落雪

其实,故乡的秋已失去几分凉意
雁声似乎好久没掠过头顶的天空
因机械化生产取代传统的农耕
那些收割的时光相应变得短促
秋天,像瞬间回眸的一个微笑
留给村庄几许遐思与满足

春节,让我们一同返乡

在这个蜡梅花绽放的季节
在这个雪里裹着蜜的日子
让我们一同返乡

抖一抖风尘
让我们面带笑容
把所有的烦恼都抛在身后
我们一同走进节日气息渐浓的家乡
背离家园
我们走过苦与乐的春夏秋冬
莫让霓虹灯迷失了神志
让我们以健康的心境
任纯朴的乡情将我们包容

春节,让我们一同返乡
乡情里有为我们煮热的烧酒
乡情里有为我们守望一年的期盼
那笑容是雪地里一朵开放的蜡梅
虽经风寒
但从不掺杂一丝的掩饰

春节,让我们一同返乡

在某个鸡鸣狗吠的晨昏
让家乡溅起一片惊喜

小满

在每年轮回的二十四节气里,小满
该是一个最吉祥的词
仅是两个跳跃的字眼
足以让日子丰盈起来

小满,以它旺盛的热烈
深入大江南北的田园
用最浓烈的颜色,染黄了
已荒凉沉寂太久的土地

今天,我以一个农民后裔的身份
站在宽厚的皖北平原上
拥有祖辈们曾经共同的一种心姿
虔诚地亲近小满

麦子熟了

斑鸠在村舍的树梢上
啼叫出一种催征的鼓韵
云雀在田野的上空,忽高忽低
翻飞成优美且敏捷的剪影
它们传递着一条信息——
麦子熟了

麦子,以它高贵的生存方式
呈现出一个季节的骄傲
从古至今,生生不息
以最饱满的精神与付出
喂养了一代又一代朴素的农民

回家的路

回家的路
离我工作的小城约二十里
从弯曲的黄泥小道
到如今笔直了的水泥马路
在奔忙的岁月里
我整整丈量了几十个春秋

每个双休日
我都必须回家一趟
那里居住着我白发苍苍的老娘
以及我儿时就留在那里的
一些牵挂

如今正值仲秋
路的两侧有成熟的果香
扑鼻而来
母亲应守在村口向我眺望
因为,我也是她等来的
一枚秋实

父亲

斗大的字不识一个的父亲
我在他的巴掌下一天天长大
那时我感觉自己的童年并不是金色的
一如一棵乡下的树苗,庸常而贫贱

打猪草、捡粪、放羊和看守庄稼
组成我那时的交响乐章
挣工分的父亲在队里劳累一天
傍晚他抽旱烟时的咳声很响

多少回他在外受辱却忍气吞声
一遍遍抚摸着我的头,将泪水咽下
从他低落无奈的表情中
我理解人与人的肩头并不平衡

父亲七十八岁那年时光对他止了脚步
出殡那天雨下得很大
从此,他永远融入那片庄稼地
逢春坟头就暗生出一些向上的草芥

母亲

走了一生,也没有走出老家
村前屋后的庄稼地
是她最广阔的人生舞台

县城,是母亲想象中的都市
但她艰难的步履
终没有迈入那座梦幻的殿堂

住了大半辈子的土屋
楼上楼下,电灯电话
是她小时候就听到的理想口号

终于,当母亲步入老年门槛时
住上了三间砖瓦房,同时
也告别她苦熬岁月的那盏煤油灯

母亲临终前几年装了固定电话
每次接听我的来电
她都激动得半天说不出话

母亲走时很安详
那丝留在脸上知足的善良
戳痛我的心很久很久

同胞弟兄

三弟在新疆经营不大的生意
四弟买辆卡车在内蒙古拉货赚钱
还有一个打小就有智力障碍的二弟守在老家
我在县城上班，拿着不高的工资
弟兄四人各自在不同位置遥遥相望

几年前父母陆续离开了我们
生活不能自理的二弟由堂兄代管
前提是我们弟兄每人每月各拿出五百元钱
算是付给堂兄的一点薪酬
因为这项开支，我们都遭过老婆的白眼

每个双休我力争回趟老家
带些零食打发二弟单一无趣的时光
见到我他嘿嘿一笑算是问候
但从来不知道喊声大哥
此刻我心里就有一些五味杂陈

前些年扶贫干部进驻了老家
帮二弟翻新了原先的屋子
各种特困补贴都逐项落地
二弟生活总算有了保障
也是分别给我和另外两位弟兄减负

家乡那棵红枣树

家乡那棵红枣树
它不知比我年龄大多少
在经年的老家村口上
打记事起它就高大粗壮

春天的枣花开出一树米黄
热烈的夏日照耀着一枚枚青果
金秋染红了满枝灼痛
一如我忧伤的少年时光

后来，我去了很远的远方
梦里常遇见家乡那棵红枣树
只是我在奔走，它在苍老
酸酸的感受涌满心房

再后来我就听到一首名为《红枣树》的歌
在异乡的街巷顿时泪盈眼眶
独自遥望家的方向
一次次叩问往事知多少

行走在九月的光阴里

行走在九月的光阴里
看云淡风轻,秋收归仓
一种怡情,冉冉而生

举起手机,记录下曾经的葱茏与沧桑
让过往在心头潮起潮落
这个季节我应该保持神态凝重

那些大豆、玉米、高粱、红薯等新粮
是安放于每个庭院的秋之花朵
丰盈了庄户人普通的日子与笑容

临近十月,又是一个播种时节到来
把麦粒融入松软的土里
等待一地蓬勃铺满初冬

麦子黄了

天气晴好
麦子，一天天接近阳光的本色
这是五月最后的涂抹
将皖北大地渲染得流光溢彩

坐在六月临近的时光里
静观麦子成熟的模样
想起春天那些与日俱增的过往
心中就回放出它们成长的薄凉

我是地道的农民后裔
思想里总是闪耀着他们质朴的光芒
麦子是我们一生的钟爱
陪伴着那片土地生生不息

麦子成熟是皖北一年一度的惊喜
这个时节我会不经意地走回老家
见证这一幕丰收的场景
随后俯下身子亲亲乡情里的饱满

苦楝花

它不属于春天
也不曾与百花争宠
夏来了,撑起一树紫色的繁星
闪亮在村头抑或田塍上

没有清香吐纳人间
苦涩的花蕾招不来蜂蝶喧闹
就这样默默孤独地绽放
一如我的少年及走过的岁月

夏种时节

一场麦收迎来六月
太阳的光芒与麦子的金黄
形成交相辉映的壮阔
那些阳光照耀下的劳动者
滑落的汗珠如麦粒般晶莹
他们都是我至亲至爱的父老弟兄
蓝天下,我们同呼吸共命运
一起承载不期而至的雷电风雨
以及被丰收陶醉的每个晨昏

不久,又将融入夏种的繁忙
在皖北广袤的平原上
我们虔诚地躬身前行
亲手丢进土壤的每粒谷物
都是我们至高无上的一种期许
每株刺破土层向上的胚芽
都成为乡亲们生生不息的无畏精神
赓续我们渴望美好的高贵
六月,种瓜得瓜,种豆得豆

皖北的夏天

麦收过后,再一场雨
夏天才真正到来
然后,就开始夏种的忙碌
那些丢进土里的五谷
经过短暂的休眠
仿佛伸了下手脚
就蓬勃地破土而生,一夜间
覆盖了荒芜的麦茬地

这是皖北的夏天,生动而热烈
我们走进希望的田野
满眼的绿,呈现向上的昂扬
此时,我会想起一段少年时光
奔跑在广袤葱翠的大地
将苦难抛在身后,无畏向前
使自己成为一道风景
在金色的秋天里饱满锃亮

入梅

入梅,是夏天的序曲
雨滴宛若溅落玉盘的珠子
叮咚作声,昼夜都有故事应运而生
那些蓬勃向上的植物
在梅雨的催征里整装待发
以不同的姿态笑傲江湖

某个太阳刺背的正午
我翻晒一些久违的物件
使那些尘封的往事
不至于在多雨的季节发霉
阳光,五线谱一般跳跃
它们斑斓的碰撞,炫亮了夏天

在腊月的时光里为您祝福

当第一场雪花飘落腊月时
大地便旋转成舞蹈的模样
生长在皖北平原上的青青麦苗
以它们最虔诚的姿态
在这个季节抒发出无限喜悦
各类树木都银装素裹
在朔风的助推下,纷纷呈现
迎接新春的强烈呼唤

在腊月的时光里为您祝福
红春联就挥洒成诗意的动词
苍绿的竹子依旧在此刻努力向上
梅花在雪地上热烈地绽放
兰草于庭院仍是那般傲然不凡
它们是岁寒里抱团的铁杆弟兄
偶有三两朵礼花在村头升腾
预示新年将慢慢降临人间

一列自远方城市疾驰而来的动车
刚在家乡的小站缓缓停下
瞬间就被一阵欢呼相拥,回家过年
那些南来北往的步伐
将一年的辛苦放下,喜气盈满心怀

浓浓乡愁在腊月凝结成完美故事
所有的情感都变得柔软而温润
尽在新年里舒展出喜悦的容颜

油菜花开

那一簇簇怒放的金黄
在皖北平原铺展开来
故乡正阳光灿烂,春意盎然
油菜花的光芒熠熠生辉
令每双眼眸闪烁出无限惊喜

漫步在清明的时令里
感触着油菜花逼人的清芬
一些过往暗自涌满胸怀
这时节与一场细雨不期而遇
无意间思念的潮就溅湿心田

不久,便等来油菜花期,落英缤纷
生命的豆荚在太阳下呈现一种昂扬
那是冲向丰赡夏季的速度与使命
时不我待,让沉甸甸的饱满
酝酿出生活的醇香

鸟鸣叩醒春天的窗子

我和冬天还在睡眠状态
春光已在户外躁动不安
清脆的鸟鸣于黎明时分不绝于耳
婉转的歌喉一阵阵叩击着窗子

披衣拉开隔窗的帘布
春的讯息顿时扑面而来
寻着鸟鸣的方向遥望远处
朦胧的绿植正破土重生

在鸟鸣的引领下,我深入春天
迎着初升的太阳及开放的花
轻轻抖去些许寒意,然后
融入新的伊始,走向远方

走回村庄

沿着春色染过的足迹,走回村庄
那里居住着我的乡亲。此时
杏花正开,绿意掩映的屋舍
正一年年高过春天

村头的顽童目光清澈
好奇地打量我这位不速之客
其实,我想亲切地告诉他
在这个村里我们经历了类似的春天

我熟悉而温暖的村庄
春天里我能感触到你每丝脉动
那时吹柳笛的少年已两鬓霜染
他迎面走向我时仍满面春风

老屋

老屋一直蛰居在乡间
是经年已久却又常常唤醒我的梦呓
村庄成了今生刻在骨子里的一种怀念
是怎么也抹不去的永恒乡愁

老屋伴我度过那些烟熏火燎的岁月
也曾历数了太多飞雪冷雨的日子
只有几间瓦房的老屋
却温暖了我们一家妻儿老小

难忘那棵栖满鸡群的槐树
以及从不嫌家贫依随我们的花狗
炊烟飘过了屋顶的每一个晨昏
不经意间流年就漂白我一缕华发

忘不了离开老屋的那个冬天
我是怎样一步一回头的不忍
故土难离,乡情难舍
那是人生怎样一段蜕变的苦楚

老屋啊,是我每次想起
都会眼里泛着泪花的眺望

是酸甜和欢欣交织的回味
甚至一生都无法再走过去的惦记

一株幼苗

在乡间,偏僻的一隅
我发现一株幼苗努力生长
尽管土壤贫瘠或地处低洼
因心中藏着一缕阳光
而愈加执着、坚忍、不屈
一如早年写诗的我
总想把心底埋下的种子
根植在《诗刊》这片沃土上
抽出嫩嫩的一米小绿

快递

把乡情装进包裹里
寄给因疫情不能回家过年的儿女
倏地感觉远方更远
冬天的阳光很软
穿不透一层厚重的心结
岁月轻松地带走很多过往
却载不动一缕乡愁

一枝梅

选择在寒冬让生命蓬勃
就注定前途多舛
一株经年固守村头的梅
傲立成独有的方式
牢牢占据一方水土
温暖整个季节
坚信岁月不老
梅的精神就永驻

辑一　乡情乡音

辑二　激情岁月

辑三　边走边吟

七月，我是鲜红旗帜的一根经纬

那面旗帜是我心中的崇敬与挚爱
夺目的红色照亮中国，照亮世界
一抹鲜艳给了我少年时光的启蒙
胸膛里那份信仰至今仍热烈滚烫

百年前南湖那艘驶向未来的红船
激起五湖四海的汹涌波涛
锤子镰刀已在亿万工农手中紧握
中国的命运自此掀开崭新的华章

多年后，我也曾庄重地举起拳头
面对旗帜倾吐出心中的豪壮
从此，七月成为我初心不改的使命
——赤心向党，护航征程

七月，我是鲜红旗帜的一根经纬
同心相守汇成排山倒海的力量
旗帜飘扬就是战无不胜的光辉导向
红色印记引领我们一路高歌猛进

又是一个七月如约而至
浩荡的风正鼓舞百舸争流

9000多万颗心凝成澎湃激情
踔厉奋发,共赴祖国更加美好的明朝

重温《清平乐·六盘山》

那年深秋,在小学课本里
第一次遇见这首气势恢宏的诗
教室的窗外正艳阳高照,白云清朗
南飞的雁群洒下一串悠远的呢喃
秋天逼人的气息令我心驰神往
那幅深邃的画卷在眼前徐徐展开
一位伟人率领一支朝着光明的队伍
艰难地涉过漫漫的雪山、草地、沼泽
胸中的信仰击碎了饥肠辘辘的困境
1936年那个秋天,他们靠着坚强意志
走过二万五千里的长征行程
随后,诗人毛泽东燃上一根烟卷
以他运筹帷幄的豁达胸襟
伫立于六盘山峰,若有所思,眉头紧蹙
面对东方喷薄而出的曙光
吟哦出心中的盛气与豪情

我一直被这首诗的精神打动
将之作为激励前行的一种力量
每次面对书房的这幅毛体书法
我都会心潮澎湃,思绪云涌
那幅六盘山上秋天的壮丽画卷
一次次激越地呈现在我的面前

眼睛禁不住遥望苍茫的西北版图
岁月的隧道洞穿尘封百年的历史
如今已沧桑巨变,换了人间
而这首诗的内涵深深植根那片土壤
生生不息,成为向上的初心和使命
成为东方人类踔厉奋发的催征号鼓
面对困难,百折不挠
始终以不到长城非好汉的气势
接续奋进,不断迈向新的征程
用智慧勾勒出一幅幅昂扬挺进的画卷

镰刀·锤子·旗帜

镰刀，锤子
以金属的质地闪闪发光
嵌在鲜红的旗帜里，招展百年
淬火成钢，一如盛夏
在火红的七月光芒四射

百年前的南湖，碧波荡漾
一艘红色的小船
从另一个世纪欸乃驶来
船舱里，十三只紧握的拳头
凝聚成一颗向上的红心
铮铮誓言唤醒沉睡太久的中华

镰刀，锤子
这亿万工农命运的象征
从黑暗到黎明
有旗帜在就不会迷失方向
猎猎飘扬中唤起千军万马
踏破封建桎梏
崭新的中国屹立世界东方

往事越百年，旗帜
依旧鲜红成不朽的本色

从贫穷到富足,从落后到超前
我的祖国,我们9000多万党员的榜样
以镰刀、锤子的锐气与信念,砥砺前行
我们高举旗帜,怀揣初心和使命
一代代从未止步,走向辉煌

长征精神

二万五千里,不仅仅是一个数字
迈开的每一步都是一种进取
雪山、草地、沼泽、高原
每一次面对都彰显一种奇迹

90年前的那次征程很长
从赣南到陕北
历经漫漫的黑暗到黎明
以生命的代价寻求心中的信仰

其实,多少年过去
我们一直在路上,高举火炬
让胸中燃烧的希望照亮前途
书写一次次长征的壮举

长征,是矗立心头的一座丰碑
朝着一个永恒的方向引领前行
不灭的火炬映红东方,照亮大地
成为生生不息的一种精神

延安小米

在延安,小米是这个城市的符号
它质朴如陕北普通的女子
适合在每一道山梁上开花结果
吼一声信天游,就能使其茁壮成长

延安的每寸土地都滋长希望
蓬勃的潜力在这里生生不息
每张面孔都透出一份坚毅
一如开花时的小米朴素无华

小米,以它金黄的品质
在那些风雨飘摇的年月
不仅喂养了饥肠,还饱满了
一种向上的信念

在延安的每条街道上行走
随处都能抚摸到小米的温情
仿佛感触到一种最有质地的精神
即使涉过万水千山,也不改初心

延安窑洞

延安窑洞,不仅是一种朴素的建筑
它的深邃注定彰显出坚实的依靠
将风雨狂飙拒于千里之外
托举起大山的巍峨高耸云端

一盏油灯下曾书写宏卷
一盆炭火中曾激发澎湃
一种思想曾运筹帷幄,决胜千里
一面飘扬的旗帜,红遍中国

在延安窑洞,我被一种情操感动
从实际出发,心系苍生

如今的延安窑洞
已成为陕北人民的一种精神象征
群起的楼宇试与时代比速
向上的信念在这里一代代接力

延安宝塔

以专注的方式,谛听延河的涛音
你是镶嵌于秦岭山脉的一颗璀璨明星
每次深情地向你仰望
长夜里就能寻找到光明
宝塔是延安气定的魂灵
即使风雨飘摇的岁月
一抹朝阳也会从塔的方位冉冉升起
从此便春意盎然,大地蓬勃

延河的脚步环绕着宝塔的伟岸
九曲十八弯后依然向东无畏奔流
那个指点江山的诗人
在这里抒发出敢教日月换新天的豪情

宝塔,每一次发自肺腑地对你呼唤
都会令我心潮起伏,肃然起敬
多少年过去,宝塔精神一直光耀我们
引领中华民族在新时代砥砺前行

重读《为人民服务》

四十年前的那个冬天
在乡村的学校里
我坐在泥筑的课桌旁
高声背诵过这篇文章

记得那个冬天很冷
北风呼啸着吹过校舍的茅草屋
而那个叫作张思德的共产党员
像燃烧的炭火一样
温暖着我们的心房

那时,我并没有理解
这篇课文的真正含义
只是那个章节里的
一个共产党人的经历
深深感染着我
使我忘记了冬天的寒冷

几十年过去了,今天
我以共产党员的身份
重温这部历久弥新的经典
我像面对党旗宣誓时一样

心潮澎湃，充满力量
胸中时时涌动着一种向上的信念

七月感想
——写在建党 97 周年之际

踏着鼓点,七月向我们款款走来
沐浴着金色阳光,芬芳袭人
最是那一抹榴红
星火一样照亮前行的路

曾在七月的某一个日子
我举起紧握的拳头
面对镌刻斧头、镰刀鲜红的党旗
将满腔的激情向之倾诉

无论风雨,无论泥泞
坚定的信念始终不移
走过寒流,走过阴霾
温暖的霞光辉映在前方

多少年啊,我们高举旗帜
即使有荆棘丛生或暗流涌动
不忘初心,奉献一直在路上
面朝太阳,将影子抛在身后

一颗赤子之心从未改变
手挽着手,肩并着肩

沿着七月铺满希望的坦途
我们走向硕果挂枝的辉煌岁月

面向警旗

此刻,我心潮澎湃
热血在脉管里不息奔涌
为了这一刻的到来,我们
期待已久。曾经在梦里
多少回庄重地举起紧握的拳头
铮铮誓言宛若海河涛音
从江南到塞北,所及之处
皆呈现一派祥和,蒸蒸日上

这是一面神圣的旗帜啊
熠熠警徽是嵌在国旗上的一颗星子
昭示着日月流转里长治久安
使所有阴霾在光明下无可隐遁
那一半蔚蓝是天空与海洋的本色
每一处都洋溢着明媚和温暖
初心不改,赤胆忠魂
都融入对人民的满腔大爱

每天,迎着初升的太阳
面向警旗的那份激越和肃穆
我心中就会升腾起一种自豪
军有责,营建和谐
使命与担当高于一切

在猎猎飘扬的旗帜召唤下
我们明确了前进方向和奋斗目标
牢记训词，这是一个淬火成钢的群体

人民警察,一个英雄的群体

一个平凡而又令人敬仰的职业
一个堂堂正正的大写"人"字
藏青蓝的服饰与四季融为一体
庄严的警徽在麦穗与稻谷的簇拥间
散发出朴素而又温暖的光芒
于是,在拥有十几亿人民的大国里
不分男女老少,抑或不同岗位
人们都亲切地称你为"警察叔叔"
那是因为你与人民的情感息息相通

一个又一个漫长的黑夜
警灯闪烁成一道道亮丽的风景
让罪恶与邪念远离宁静的梦乡
你的身影消失在一个又一个小巷
然后又出现在一个又一个街口
为了千家万户的安宁
你熬红的眼睛迎来早晨第一缕曙光

在异域他乡的追逃路上
有你雄鹰般搏击罪犯的英姿
在车水马龙的街口
有你指挥若定保道路畅通的镇静
在每一个事发现场

你争分夺秒
捍卫人民生命财产的安全
对待任何一种犯罪都无惧无畏
在救灾一线你冲锋在前,义无反顾
在百姓家中你嘘寒问暖,体恤民情
你的身影无处不在
那是因为,警察与人民永远不可分割

多少个灯火阑珊的夜晚
曾有一扇窗口为你一次次打开
那是一颗不眠的心为你静静守望
多少个法定假期或者双休日
一桌丰盛的饭菜为你凉了又热,热了又凉
那是一家老小等你共聚天伦之乐
但是,你的脚步声一直没有出现
窗外,只有繁星点点,行人稀疏
有多少这样夜露凝重的长夜
你时刻守护着一方平安,百姓安宁

人民警察,这是一个至高无上的称谓
这是一个让人民满意和放心的英雄群体
矫健的步履里有你铁骨铮铮的身影
行色匆匆的人群里有你豪迈的英姿

看，那镶嵌着金色镰刀锤子的鲜红党旗下
在庄严使命的一次次感召中
你初心不移，向好向上
听，那猎猎飘扬的五星红旗下
伴随着激越铿锵的催征号鼓
你砥砺前行，勇往直前
呵，人民警察
你的一言一行都诠释着人民至上

既然选择了警察这个职业
就注定了一生无尽的辛劳
但你从不后悔，也没有怨言
正是因为有了这个群体的付出
才换来社会稳定、人民幸福
这是一个多么崇高而又伟大的抉择呵
也正是有了这样的无私奉献
你在人民心中占据了沉甸甸的席位
这就是你呵，一个响亮的名字
让百姓永远念念不忘而又无法释怀
那就是——人民警察！
今天，让我们以最崇高的礼遇
致敬，人民警察！
致敬，这个英雄的群体！

你的名字叫警察

我不知道你是谁
却理解你头上的熠熠警徽
折射出璀璨正义的光华
一袭藏蓝的服饰流动
于大街小巷
成为百姓眼中最美的一道风景

面对突如其来的穷凶极恶
你挺身而出,一声断喝
令犯罪分子胆战心惊,望而却步
在每个救助现场及排险区域
你总是冲锋在先

人民公安,这铿锵有力的字眼
肩负的是沉甸甸的担当使命
立警为公,注定不会让心中的天平倾斜
执法为民,就是不负天地的神圣守则
不忘初心,心中装着百姓始终挚爱如一

为了保障人民安康和社会稳定
每年都有成百上千的英烈倒下
倒下,如一棵参天的松柏
化作平坦的道路,畅通的桥梁

托举起一派繁荣与振兴

你的名字叫警察,一个大写的人啊
深沉地矗立在人民的敬仰之中
你倒下的土地正花朵盛开,绿叶婆娑
和平的鸽哨划过宁静的天空
那是对你感恩的慰藉和最深情的呼唤

如今,又是一年春意正浓,芳草萋萋
在这清清明明的岁月静好里
我目睹噙泪的花,低垂的叶
都在向你致以最崇高的敬礼
看,我们的群体依然无畏向前

交警,我为你感动

当川流不息的人群走过安全岛时
当平坦的马路呈现出一派和谐时
你的手势是一道风景
红绿灯闪烁成一串美丽的音符
游鱼般的车辆绕过繁荣的小城
无论是白天还是夜晚
都有你不倦的身影坚守每一个路口
呵,交警,我为你感动

哨音,是小城最动听的旋律
一如和平鸽哨划过宁静的时空
让每一个违章者望而却步
哨音里生长出一朵朵平安的花蕾
温馨地绽放于千家万户
因这一声声哨音的响起
我们的生活里处处洋溢着明媚春光
呵,交警,我为你感动

我为你感动,交警
你们伴着黎明的第一缕晨曦
早早地踏上那三尺岗台
迎来的是一张张灿烂的笑脸
目送的是一个个安详的背影

正因你们的守护
每天的霞光才显得那般温暖
繁星点点抒写成诗意的夜晚

我为你感动,交警
当酷暑的热浪浸湿你的衣衫时
当凛冽的寒风吹裂你的面颊时
你依然半步不离自己坚守的岗位
时刻关注着每一部出行车辆的安全
也许你们的工作不被人理解
甚至遭到无端的指责
但神圣的职责让你们无怨无悔
在平凡中实现着人生的价值
为道路的平安与畅通
构筑一道坚实的屏障

我为你感动,交警
感动你立警为公执法为民的崇高信念
感动你坚守岗位勇挑重担的无私情怀
正因为有你们这个群体的存在
这座城市才少了一些违规行为
人民幸福安康
也正因为有你们的付出

这个社会才更加和谐有序
创造出一个又一个伟业

观电视剧《任长霞》

你用四十岁的年华
筑起了一座
不朽的人生丰碑
四十岁,你以爱和恨
猝然成一抹不落的彩霞
让亿万颗心为你滴血

喊一声:长霞——
我的战友,我亲爱的姐妹
从警二十一年
你以一颗最朴素的爱心
去亲近最普通的百姓
而面对罪犯和暴力
你却疾恶如仇
用刚毅和不屈
守护着一方稳定与安宁

四十岁,正是搏击风雨的芳龄
四十岁,正如日中天般瑰丽
四十岁,还有多少未竟的事去做啊
而你,四十岁的生命
永远地绽放成一枝不败的花朵
壮丽的人生

谱写成一部永恒的经典
春雨般潜入郁郁葱葱的嵩岳
以你的人格和魅力
树立一种向上的精神
让大地动容
去感动中国

临泉

临泉,临水而依
一个诗意的名字
吸引了来来往往的过客

泉水悠悠,赋予这个城市以灵性
百年传奇的故事
在这里上演了一幕幕悲喜

曾经的贫困县域
让临泉人民痛定思痛
奋斗却又是这个城市不舍的品质

如今的临泉正展翅欲飞
万里之行,始于足下

以春天的名义爱你

春风又一度染绿原野
家乡在一派葱翠里成长
忙碌的人群
张开期许的双臂
以最优美的姿势
迎接又一个启程的日子

茫茫人海之中
我是一抹深蓝的风景
飘逸而祥和
以固有的忠诚
守护着一方明媚
绝不容许任何一丝尘垢
随意污染宁静的小城

让我以春天的名义爱你
无关风花,无关雪月
让胸中的坦荡尽情挥洒
为了春天的足音永不止息
我愿一路伴你躬身前行

以春天的名义爱你
爱你鲜花烂漫,缤彩纷呈

爱你日新月异，繁荣盛景
这是一个迈向成熟的季节啊
遥望前方，已是硕果累累

高铁时代

伴着祖国七十华诞的盛宴
高铁时代,宛若山花烂漫般
涌进皖北大平原,喜讯
像关不住的春风,拂拭着
每一张微笑的脸,悦动的眼眸
传递着熠熠光辉
激越的心扉,静候着
这瞬间而降的热烈

沉寂了太久的皖北啊
从没有过这般亢奋
朴素的花蕾绽放出异常的惊艳
每一棵茁壮在这片土地上的禾苗
都以地道的方式表达一种纯美
憨态的形象里笑容可掬

高铁时代,越过城市
越过乡村,明媚的原野上
一群白鸽飞过蔚蓝的天宇
哨音洒满一地吉祥,奔腾的龙
载着希冀,向长空发出示威
从此,我的皖北,我的乡亲
启航的梦想将与时代齐驱

皖北，萦系在心头的情结

初识你，那是一个动荡不安的年月
口号、标语及狂躁
充斥着我的世界
我用惊愕的目光打量这一切
我的皖北，皖北平原的乡亲啊
你何时有一片宁静的时光

很累很累的日子里
我不止一次地眺望上空及远方
那一缕白云擦拭着蓝天，很静
却也寂寞抑或孤独
我失去了什么呢？我的皖北

感谢那个春天，花好月圆
此时，我正待青春葱茏
我从饥饿和失学中走出
惜别那个满树繁花的村子时
对养育我的皖北厚土深深鞠了一躬

我终于从家乡乘上一列火车
我要走向中国的四面八方
将山川河流、蓝天白云及风土人情
都装进心里，然后带上这些

让皖北和我一起感同身受

多少年过去了,我一直执拗地
揣着那份温暖,远行他乡
分享着高铁、民航、立交桥等带来的快捷
让故乡的心跳与祖国的脉搏
欢快地律动成一种和谐的音符
皖北,你是萦系我心头不解的情结呀

考验

己亥与庚子交替的这个冬末
在春节即将来临之际
一场突如其来的疫情
浸染着江城武汉
阴霾顿时弥漫了中国的每个城乡
惊恐时时考验着每个人的意志

抗击新型冠状病毒
一场没有硝烟的战斗悄然打响
白衣天使主动请缨
从祖国的其他城市奔向武汉
以青春的名义谱写出一曲曲
医者仁心的动人篇章

各行各业行动起来
用爱的付出守护一方平安
以神圣的职责抑制疫情的蔓延
他们都怀着一个共同信念——

相信这场战争很快就烟消云散

寒冷的季节更能彰显红梅的品性

困难压不垮坚强的中国脊梁
众志成城，我们笑傲人生
定能凯歌高奏再次送走瘟神

洁白的灵魂

虽然我不是一名军人
请允许我以同样的礼仪
向您致以崇高的敬意
——神圣的白衣战士

一场无情的灾难
一步步威胁着人类的命运
肆虐的"非典"
搅乱了我们宁静的生活
抗击的动力排山倒海
白衣战士们义无反顾　冲锋在前
重塑了新时期最可爱的光辉典范

一封封请战书
表达了一片赤诚为国的丹心
那火线入党的动人场景啊
彰显出多么崇高的信念
从天南到海北　从城市到乡村
你们舍弃家庭和亲人
用澎湃的激情接受祖国的考验

虽然这是一场没有硝烟的战斗
但每一个被隔离的病房里

SARS无时不在向生命提出挑战
为了每一次心跳能够正常地持续
你们用爱心点燃一束束希望
用热血谱就一曲曲时代赞歌

是战场就难免有牺牲
烈士倒下的地方
正盛开着一丛丛和平的花朵
洁白的灵魂化作座座丰碑
永远地耸立在亿万人民心头

岁月隧道

等待沛然一声长鸣
仿佛是多年前的一种期许
呼啸的专列由远及近
缓缓驶入爱情隧道,驶向你
桥头集正是枯木逢春,万物流芳
你足迹无痕,有花瓣轻轻掩去
一切都在静谧的期许中变得美好
只有心跳的声音与季节形成合拍
每棵树都在微风的摇曳下风情万种
这是千年等一回的相逢吗
枕木之间不再有距离之憾
铁轨的平行延伸
使两颗震颤的心产生共鸣
渴望已久的一束光芒照亮胸腔
隧道不再有黑夜和阴霾
让一切的漫长等待都成为短暂过往
让所有的海誓山盟都成为不朽诗篇
张开双臂,以春天的姿势拥你
只为等了百年千年的一次相遇
从此,岁月不再寂寞
从此,人生有了完美的启幕抑或结局

印象阜阳

在我童年的记忆中
阜阳，是一座很大的城市
是悬在头顶一颗很亮的星
每个不眠的夏夜
我都静静地向她仰望
一直让我的眸子，也固定成
两颗移动的星子

阜阳，离我的老家约60公里
那时去一趟要一块一角钱车费
于是，小镇的车站
就成了我向往阜阳的一种心跳
那条很窄的砂姜公路
那辆喘着粗气的过往客车
是我要抵达阜阳的一个梦想

十七岁那年我辍学开始写诗
苦涩的思绪书写成一行行文字
我的第一首稚嫩的小诗
是发在《清颍》试刊号上
收到那有着绿色春意的用稿样刊
我激动了三天三夜，几乎未眠

记得那个冬天很冷
我背着半袋家乡的红芋
去了我渴望已久的城市阜阳
当推开那间租来的编辑部房门时
那一刻惊愕了在场的所有老师
那一刻让我感受到阜阳的温度

转眼几十年过去
我工作和生活的小城
因通了高速而缩短了往返的距离
大阜阳有了飞机场,高架桥及高铁即将竣工
耸立的楼群大口呼吸着新鲜空气
一代人正追逐梦想,引领风骚
我在岁月里日渐变老
而阜阳却还年轻

亲情界首

我的老家隶属太和最偏僻的农村
距界首很近
我去的第一个城市就是这里
斑驳的霓虹灯与嗡嗡的机器声
让这个小城充满了诱惑和魅力

三十年前我在界首建筑队做工
逢雨天歇工就躲进图书馆
在那里我结识了一帮文友
后来就同他们喝酒谈诗，酣畅淋漓
从此，我就被这个小城接纳

那时的界首很繁荣
沙河特曲、芬格欣、奇安特，等等
品牌叫响了整个中国
我在界首微弱得像一粒沙尘或一滴水
每个日出或迟暮的黄昏
都能折射出我的辛酸及笑容

在这里我写了几十年诗歌
每一行文字都满含真情
我酷似马路旁一株刻着年轮的树
见证了界首的几度衰荣

负重爬坡但从没有停歇脚步

界首是一种精神
这样的比喻不知是否恰当
几十年一路走来
我与这个城市同呼吸共心跳
给了我泪水,给了我坚忍
给了我收获和喜悦的界首啊

我爱你，界首

我爱你，界首！
爱你春天里麦苗茁壮
微风吹皱万顷绿涛
爱你夏季里榴花如火
城市乡村高举向上的希望
爱你秋光里五谷丰登
果实沉甸甸挂满树梢
爱你冬雪里银装素裹
围炉小酌共话日子静好
啊，我爱你，界首
爱你的四季分明，民风纯良
乡音里注满情深向往

我爱你，界首！
爱你阳光灿烂的每个清晨
鸟儿婉转唤醒明丽的梦想
爱你晚霞映照的黄昏时光
一河笛音涌动起颍水滔滔
爱你坚实的步履勇往前行
和谐号载着笑语驶向远方
爱你如歌的岁月青春不老
每个标志都印证崛起形象
啊，我爱你，界首

爱你的古往今来,争先至上
小城里书写大美传唱

辑一　乡情乡音

辑二　激情岁月

辑三　边走边吟

枫桥夜思

相距千年
我和唐朝诗人张继不期而遇
同住在姑苏这个城市
夜色渐浓,华灯次第绽放
行色匆匆中,是谁
抖搂了初冬的一地霜白

今夜我也无眠
想谛听那从千年以外时空里
飘过来的寒山寺钟声
让渔火点点装饰这个古典的夜
或坐在张继先生的塑像对面
与他同饮那壶总也没有喝完的琼浆

古运河从这个悠久的城市经过
倒映出枫桥及寺塔的沧桑剪影
浪花的步履踩过古筝韵脚
亦是诉说着诗人当年的愁绪
我想说,我也是羁旅一生
从颍淮河的岸畔一路寻迹而来
听你吟诗,听你轻叹
领悟你千百年来涉过的不朽云烟

车过上虞

车过上虞,正是三月天
有蝶儿自窗外扑闪
碧草青青,含着夜的珠泪
呈现出千年以前的一段幽怨

这是梁兄和英台的故里
一个传说,凄美了江南
从此,这片土地在游子心里
便莺飞草长。十八里相送
仅仅是一撒手的刹那
就铸就了爱也悠悠,恨也悠悠

浙江上虞,会稽山下
一对翩飞的蝶,光阴里
穿梭成千年不老的绝唱
让故事演绎成最完美的世界经典

从春天出发

一场瑞雪带走寒冬
一个大年迎来新春
阳光,以一日千里的步伐
拂拭大地,催生万物

被称作雨水的节气,自南向北
滋润着丰饶的土壤
春的纤手叩醒每粒种子
那些掩埋于深层的生命开始萌动

不久,便等来惊蛰的讯息
新雷震撼的韵脚滚过原野
令所有沉睡一冬的浑噩抬头见喜
解冻的河水重又奏响欢快的序曲

从春天出发,涉过清明和谷雨
其间我们植树、种草、育苗、点豆
就这样开启二十四节气的旅程
勤奋的双手缔造又一年的五谷丰登

春望

一场微微南来风,阳光
如碎金般泼洒大地
仿佛不几天工夫,就发觉
柳丝变软,桃花绽开
转瞬春已浓了人间

麦苗开始在广阔的田野疯长
皖北平原顿时融入一派葱茏
迁徙的雁群重又北上求索
蓝天异常静朗,如拭去泪水的明眸
而那些辞行故乡的兄弟姐妹
又要结伴南下去往打工的城市
追寻着又一年的苦辣酸甜

在春天,故乡是一段不舍的情缘
总在聚聚散散中历经春夏秋冬
望一眼出生的老屋,暖阳下
心中就禁不住涌上一股酸楚
远行的双脚刚刚离开故土
心头却又盘算着何日是归程

行走在春光明媚的三月

不经意间,春色渲染大地
轰轰烈烈的姹紫嫣红
与人间撞了个满怀

行走在春光明媚的三月
听鸟儿婉转,赏新蕾炸开
煦风鼓满胸襟,神思翩然

最是一场润物的细雨
无须撑一把油纸伞
迎面的清爽总能沁人心脾

三月,是春天的小令
平平仄仄,柔情万种
每个标点都注入万物生长

紫燕

伴着斜斜洒洒的雨雾
呢喃成一串俚语
将南国的滚滚春潮
向北方疾行传递

你在春光里筑巢
曾伴我一天天成长
如今我已在岁月里渐老
你依旧似枝头花蕾年年绽放

望一眼故乡，春意正浓
儿时的伙伴却天各一方
真羡慕若紫燕岁岁聚首
春日里重拾起一番童趣

雨夜寄思

一阵狂风和一场暴雨
是夏的习性
站在窗前听风听雨
是我的习性

风夹杂着雨
那是我最不安的时刻
我的思绪越过阴霾密布的夜空
回到过往那些泥泞的日子
此刻我担心庄稼被淹,村路垮塌
最怕看见笼在乡亲脸上不散的愁云

多少年过去,已不问农事的我
常在这样的夏夜噤若寒蝉
我仍习惯站在窗前听风听雨
但总拥有不了一种情调抑或雅兴

夏荷

以绰约的风姿傲立盛夏
站成一道景致
任风吹雨打或烈日当头
以超凡的品性向你微笑

柔弱的荷,有风骨的荷
从千年古韵里走来的荷
抖搂几世尘俗
依然在你面前,不媚不艳

细节

办公桌一角放着一盆绿萝
它在经过一段时间茂盛之后
无意间暗生出几片黄叶
我随手取出剪刀,一一剔去
想让它一直保持青春的状态
此时,我联想起某个清晨
妻子也是手执剪刀
小心地为我剪去几根早生的白发

赶路人

那年深秋
我去大别山一个小城买卖药材
走着走着,天就擦黑
我很孤独
本能地加快了脚步

我不适应山路行走的环境
特别是夜幕四合
昆虫的鸣叫团团将我包围
我愈加恐惧

我不住地抬头探向前方
估算着离城的距离
转过一个弯,我发现不远处
有一盏马灯在晃动
那个与我同行的赶路人
一下子让我温暖许多

云絮

天上那团白色的云絮
我走,它也走
陪我走了多少年
一直没有走散
就像那些情同手足的弟兄
尽管天各一方
我们总是心心相念
哪怕乌云压顶
一场雨水过后
它们又会重现蓝天
云絮,云絮
伴我阴霾与晴丽的人生

街头行乞者

我在下班的路上匆匆行走
经过一个街口拐弯处
一位行乞的老者向我伸出一只手
我本能地摸了下口袋
随手掏出两枚硬币递给她
我转身时,她双手合十
唯唯诺诺向我道声平安

走了不远,我又扭回头
见她还在原处继续行乞
形容依旧悲哀而枯槁
她伸出的手大多被行人无视
此刻,我联想起自己的母亲
她们年岁相仿
我心里莫名地产生一种痛

盲人老程

盲人老程,依靠卜卦算命谋生
小时候,他是我相距不远的邻居

那时,乡下的夜很长
趁着纳凉的空闲
总有几个人围着老程卜上一卦
我当时还不谙人事
他道出那些起伏的人生命运
让我听得一惊一乍

后来,我走出了村子
每次回老家路过老程门口
看他依旧生活得极其凄凉
不知怎的,我就想找他卜上一卦
他说了很多关于我的前世今生
我却一句也没能真正记下
临别我会掏给老程几十元钱
然后再送他一包香烟
其实,我从来没信过所谓卜卦

瞬间

婴儿落地的第一声啼哭
小草坚强地拱出土层
流星划过漫长的夜空
擦亮一根火柴的刹那
这些,都是瞬间的美好
闪亮并惊喜地掠过人世
就是这点滴没有停顿的瞬间
将所有的忧伤与阴影
都留给过往的云烟
这时,会有一双扑闪的眸
仅仅朝前一瞥
就呈现一朵朵花蕾绽开

落叶

秋天最后的一场风
将冬迎来
树叶的坚守
耐不住一袭寒流
纷纷自枝头滑落
把最后一枚相思,在空中
旋转成有声的呼唤

一阵冷雨过后
紧接着就是飘飘洒洒的雪
这世上最纯洁的尤物
将落叶掩入一个季节
然后进入冬眠的沉思状态
想必每一片落叶都有生命的迹象
来年春天,再回报一树繁荣

麻雀

冬天来了
那些候鸟以逃遁的方式
纷纷选择避开寒冷
匆忙奔向另一个温暖的巢
唯有麻雀,仍以平常的心态
固守家园,不离不弃
与生活在这片土地上的我们
共同守心如初

麻雀,麻雀
在遥远的童年曾与我相依村舍
它扇动着翅膀
从一个枝头跳跃到另一个枝头
划出很是优美的灵性弧线
给予我不惧困难的诸多理由
同时懂得只有摒弃好高骛远
才能实现人生价值

春天,在阳光所及的土地上

历经了漫长冬天,沉默的土地
与春天的阳光仅是一个擦肩回眸
无垠的心宇顿然复苏柔暖
大地仿佛伸展了一下腰肢
即刻迎来轰轰烈烈的万紫千红

每一寸阳光的照耀
都能催生一粒种子发芽蓬勃
任性的鹅黄张开希望的羽翼
接受春天所有美好的恩赐
绿意,一日千里地向远处延伸

在郊外,看野鸭拨皱一池春水
荡漾出春天微笑的模样
一个个纸鸢飞向远天
在碧蓝如洗的空中任意驰骋
童真的眼神里透出清澈无邪

春天,在阳光所及的土地上
随时能发现农人躬行播种的忙碌身影
他们的姿态胜过所有曼妙的舞蹈
劳动创造美,印证任何艺术的塑造
不期就会呈现一个希望的图腾

行走在春天的每一寸光阴中
我们都应该无条件倍加珍惜
使理想转化成实际的笃行
踔厉奋发,昂扬奋进
让心中装满五彩缤纷的梦想

小草

过了雨水节气
大地就开始解冻回暖
草芽争先恐后拱出地面
毛茸茸,呈现一派盎然生机
氤氲了整个春天

这密密挤挤幼小的生命
烘托出势不可当的气派
敢与万物争荣
率先将寒冷抛在身后
试与百花竞风流

不久,就会迎来惊蛰
期待一声春雷滚过
在无数的复苏奏鸣中
绽开一米笑容,以个体的存在
舞动出一枝独秀

向上的春

那些树木或草
最能代表春天的形象
一阵暖暖的南来风吹过
枝条就返青变软,草芽
密密匝匝地拱出土层
有花蕾绽放,舞动风尘
向上,是春天的一种本能

蓬勃的绿撩拨着一个季节
伴着雨水、惊蛰、春分的足音
演绎出一个别开生面的场景
美好的序曲自此轰轰烈烈
在这一寸光阴一寸金的春天里
还未来得及回首走过的四季
我们又融入一个新的征程

蚕豆花开

在三月温暖的时光里
看见蚕豆花向阳而开
一朵朵,一簇簇
择一方贫瘠的土壤或荒坡
迎风含笑

朴素的亲切的蚕豆花
使我联想起那时的邻家女孩
面对苦难与清贫
依然对生活充满深情
她像蚕豆花一样清新脱俗

在蚕豆花开的光阴里
我有一种重返故乡的冲动
寻着它蝴蝶般翻飞的姿影
我找回童年
在那片乡情里我一直不会变老

故乡月明

那轮中秋的圆月
自故乡的村头冉冉升起
一抹银辉倾泻满地思念
任往事在心中悠悠萦绕

老去的父母静静躺在故土庄田
在这团圆的明月今夕
再也看不见他们慈祥的面容
以及站在村口向我一次次张望的身影

中秋月年年如期高悬
宛若谆谆教诲犹在耳畔沉浮
苦难的日子相伴一起走过
您月光般的爱抚下我迈开人生步履

我在工作和生活的小城默然遥望
此刻,月光融融,照亮村庄每个角落
凝重的心田里禁不住泪雨纷扬

地方戏

它们是植入一方水土的五谷
在每年轮回的四季里
生长出一些喜怒哀乐
供乡民细细品味与咀嚼
锣鼓的喧闹那般令人心潮起伏
戏文的慢板几度拉长了夜色
泪滴和笑声就这样喂养着他们的日子

最是冬闲下来的光景
那些江山里的人物纷纷走下朝堂
舞台上重现着一幕幕典故
抒宏愿,表衷肠,各夸其廉
在家国情怀里尽显风流
一个个粉墨登场,铺陈缘由
欲在子民心中树立不朽丰碑

苦了的是那痛失红颜的翩翩书生
蓝衫长袖里悠悠浮动着爱恨
秉烛夜读,立志功名
是改变他们命运的不二法门
他们的奋发精神和求知态度
依然勉励着千年后的我们

一如冬藏春生的种子
在荒芜的心田里重又成长起来

纸张

一张洁白的纸
不知它经历了怎样的岁月
那些曾欣欣向荣的草木
走过沧桑百年,或一岁一枯
最终将灵魂安放在一张纸上

我常伏案以文字倾诉
同时面对一张纸的留白若有所思
那些草木成长的春秋
豁然在我眼前郁郁葱葱
一些灵性的生命瞬间涌满心怀

一张纸的过程
印记着万水千山的阅历

颍河

自嵩山脚下起步
一路如歌进入皖域
稍作犹豫后，即汇入淮河
这段不算很长的轨迹
已蜿蜒千年

千年颍水，悲欢交织
在漫长的人生岁月
只不过弹指一挥间
小小沧浪载不动厚重的历史
但它从没动摇过前行的信念

蝉

不甘于地层下的沉寂
一颗顽强的心奋发向上
伴着一阵电闪雷鸣
挣脱禁锢,随之突破重围
黑夜里,让生命走向高远

最是痛苦的一番蜕变
两片薄翼载不动露珠的凝重
只待一缕新阳穿透叶间
洒脱地振翅翱翔中天
一声鸣唱,惊艳人间

芝麻

芝麻开花节节高
一句俚语已然流传多年
对美好日子的殷殷祈愿
夏雨般植入人们的心田

向阳而生,不畏酷暑
是芝麻潜在的高贵
洁白的花蕾摇曳于每个晨昏
不负秋光,清香溢于千家万户

秋日拾零

河里的水由绿而蓝
即是秋天不期而至
岁月沉淀了一些喧嚣
日子仍在枝头呈现闪亮

抬头望望天空
渐渐高远而空旷起来
雁语催鸣,遗落在童年的时光里
霜花依旧在故乡绽放

炊烟不再氤氲老屋的房顶
门前庭院也少了鸡鸣犬吠
几声蝉歌,算是对夏天的一种送别
菊影婆娑,斑斓了经年的篱墙

沿着寂静如许的河湾
不觉间,已走进渐深的岁月
几株枯草在秋风里仍然坚忍
让我捡回那年遗失的偶然

转身而去的夏

夏天,完成了它的所有使命
仿佛平常翻过的一页
消失在光影里
随之而来的是另一种顾盼

关于夏天的一些经历
再次情不自禁地涌入忆念
一如枝头那些绚烂的花
尚未绽放到极致
就被命运敲定了归宿

转身而去的夏,曾以它的光鲜
在一个季节里楚楚动人
之后又进入下一个时令的拷问
像过往的一些亲人或故友
岁月更替有序,但物是人非

立秋

立秋过后,暑气仍然未消
这是皖北平原的秉性
长在地里的庄稼正处灌浆状态
一天一个模样,向成熟冲刺

这个时节不怎么需要雨水
阳光充沛,催生身着盔甲的一代秋稼
玉米、高粱、大豆及花生、红薯等
这些坦露于地面或深藏土里的作物
它们纷纷从胸腔发出呐喊
在秋日的夜晚各自为营

等待一声雁鸣划过高空
猎猎金风宛若一阵旗语
临战秋收的情绪一触即发
不等不靠,是皖北人悠久的传承
每一株饱满的收获
足以记录他们关于土地的心路历程

草木之秋

秋天的开始,是从草木萌动的
秋风起兮,凉意就渐浓起来
土地上那些葱翠,由绿转黄
每片叶片的纹路在向季节深处延伸

路过村庄或田间的每个拐角
都不由得为老去的植物动情
它们曾那般鲜亮,蓬勃向上
一如自少年时光走来的我们
不知不觉额头已爬满沧桑

草木一秋,曾经华丽地绽放
傲视匆匆经过的流年
木秀于林,风必摧之
那么,就静下来保持缄默状态
在漫长的秋冬里换位思考
待看另一季新绿行走春光
其实,草木的未来注定生生不息

遇见玉米

在皖北,玉米是一种精神
随处可见且生而不凡
它伴我走过整个夏季
在深秋的某个时分我们再次遇见

娉婷而立的玉米
夏季经历的每一天都是风景
它临风的某个动作或情节
灵动光阴,岁月不再枯燥

以饱满的姿态翘首迎接秋天
在丰年里慰藉着我们
走完夏秋,一生虽短
始终以微笑的形态完美自己

玉米,深藏在我冬天漫长的怀念里
让生命安详成一种期盼状态
律动的心跳使冬夜不安
等待一场狂风骤雨,决然再步入红尘

丝瓜

那些金黄的花绽放于童年
一直伴我走进人生的秋天
它依然是青春

一株绿得诱人的丝瓜
根系植入春天的土壤
向上的梦想一直不断攀缘

它蜿蜒的藤缠绕着夏天
怒放的颜色很像太阳的光芒
我心中的藤却是一种纠结

走完春夏的一段里程
我已气喘吁吁
而丝瓜呈现的是大智若愚

芦花白时

蒹葭苍苍，是秋天深处的意象
这些生长在水里的植物
最先拨动了季节的薄凉
秋风乍起时，它银色的桂冠
舞动秋水的一抹暗香

芦花白时，我深入秋天
一丝寒意从耳际掠过
头顶的雁声擦亮几许蓝天
我期待一个邂逅，终未遇见
一任思绪凝结成点点霜花

人生二阕

1

"人生"二字,写来笔画简单
一路来,却这般步履沉重
常以万物的姿态,心向阳光
才能挺直腰脊

一生如草芥,路长亦很短
负重前行,是每个人无悔的选择
经历了太多的黑夜与星光
终会遇见久违的曙色

在匆匆的人生行旅里
也许抵达不了心仪的彼岸
无须繁华,仅愿一次蓦然回首
身后呈现一步一个脚印

2

苦苦求索,也许倾其一生的奋起
春天的花开了又谢
收获时总感觉分量很轻

曾经涉足万水千山
不觉间霜雪飘落发梢

放弃15笔画，坚持16笔画
为了那份心中的唯一
青春在岁月里那般蹉跎
不间断地抬头望路
期望始终在前方

秋之思

在霜降来临之前
一场雨不期而至
这是今年秋天最后一场雨
随风潜入夜,幸福地
滋润那些刚播下的麦粒

不久,会有一地初冬的阳光
温暖地照耀着皖北大地
那些还是针尖一样的麦苗
正一日千里,染绿我们的平原
侧耳就能谛听到它们成长的声音

我是这片土地上的小小分子
一声轻叹或一个会意的浅笑
都能融进这个缤纷的季节
甚至在每个繁星满天的夜晚
也会与我们的村庄一样不眠

心相印

太和县城郊外,有一株百余年皂角树,虽经雷击电劈,分成空身,但仍年年岁岁,捧出一树新绿——

莫道世事沧桑
无须感叹岁月蹉跎
有一颗心相依相伴
往事百年弹指间
莫怨雷电无情
不要嫉恨风雨摧残
一腔真情心有约
送君迢迢千里远
啊,心相印,心相印
心心相印春常在
所有的日子都明媚
地老天荒情不悔

向日葵

是谁摇落盛夏的日子
让这一抹金色的芳华
深入土地
然后又疯长成一种狂想

有阳光的地方就滋生希望
有花香就离不开蜂的弹唱
静静地择一片贫瘠
回报蓝天一个明朗

湖光夕照

湖光留住了夕阳
晚霞绽放细碎的遐想
波光粼粼
倒映出塔影的古韵
一丝垂柳倒映湖畔
让游人止住脚步
按下快门
定格了一幅黄昏美景

菊赞

舒展十月的英姿
让思绪尽情挥洒于秋天
不俗媚,不逢迎
坦坦荡荡傲霜寒

脚踩坚实的泥土
扬起信念的风帆
一腔情爱舞东风
敢与梅花斗雪残

久违的梨花

那个冬天很漫长
厚厚的雪
深深地掩去你的容颜
苦涩的霜
凝固了一帘幽梦

春的啼唤
染绿三月的土地
你惺忪的明眸
是一种无语的期盼
一场春雨
便使你珠泪盈眶
以木讷的姿势
走近你久违的温情
轻轻地唤一声你的名字
梨花,一个为你写诗的人
有多少愁绪与憧憬
骤然袭上心头

雷峰塔

一个美丽的传说
偏有一段断肠的情节
西湖水,依旧碧波荡漾
诉说着悠悠往事

踏歌泛舟的白娘子今何在
那曾被压在塔下的青春丽人
让塔外的痴情郎君
任相思在无奈中逝去

倒了的塔重又修复
也许比当年多了几分堂皇
而那段凄婉的故事
千年后,仍刺痛游人

早春

早春是一张远方的请柬
含着芬芳　透着期望
告诉我一则未卜先知的信息
向往　成为一种无言的冲动与惊喜

在我冬蛰的乡村里
我曾不止一次地与陌道牵手
暖阳消融薄冰，是一种痛苦的美丽
我的心也汩汩地流淌着一丝诗情

我不知该以什么样的方式
去接受春的一片最纯洁的邀请
其实在我茫然若失的瞬间
我已抵达了另一个季节

六月

六月的季节是嫩绿的季节
六月的日子是阳光的日子
六月,映在孩子们眼里
是一段常开不谢的花期
是一群放飞和平的白鸽

当南联盟的上空仍被硝烟弥漫时
霸权者的淫威还在摧残那片绿茵
我们的孩子们啊
渴望安宁和拥有家园的孩子们啊
应该捡回一个属于他们的温馨而祥和的节日

六月的天空不要乌云
六月的大地鲜花盛开
让炮火不再是战争的代名词
否则,那对孩子们的心灵将是一种罪恶的玷污

雪中的梅

新年刚刚转身
雪就如期而至
梅,透着冷艳
一朵朵,傲立寒冬

梅是腊月的精灵
在雪地上伫立成一道别致风景
每一株,都暖暖地
含笑迎春

坚强的柳

严寒逼近时
金黄的叶才挣脱出枝条
凛冽的朔风中
仍舞出独到的婀娜

根,深深植于皖北土壤
雪,压不弯柳的精神
只待一场阳光拂过
春寒里便探出一抹鹅黄

新年

雪花,以最美的舞姿
旋转出优雅的邀请
迎接新年。每一片晶莹
都化作最纯洁的祝福

红梅绽开365朵吉祥
回望成嫣然的笑靥
将沧桑隐匿于昨天
一抹温馨奉献大爱于人间

兰草,堪称耐寒的君子
在漫长的寒冬吐纳一种高尚
竹影婆娑之中
我们共同品味岁月的更新

菊的冷艳拂去尘世的俗
每一朵都饱含向上的昂扬
就这样我们一路携手走过
打点行装,迎喜接福

小站

沛然一声长鸣
从远方的大城市奔驰而来
一列火车,缓缓停靠在小站
小城,以激动的目光迎迓
这远道而来的宾朋

已是深秋了,多彩的树叶
呈出舞蹈的状态
表达一种难以言状的谦和
小城一改往日的自傲与凌厉
用最纯朴的礼仪接纳

随后,我拎起行囊
登上短暂停靠的列车,随后注目
我日夜生活的小城,此刻
我心潮心伏,有泪欲涌
扬一扬沉重的手臂想说再见
但我一直哽咽

那轮故乡的月

在中秋,那轮故乡的月圆了吗
伫立异乡城池的一隅
每值今夕我都深情地凝望
隐隐的痛,暗流般涌上心头

曾经踏着那年的一地月光
我走向远方,不忍驻足
怕那不经意间的一个回眸
会让如水的月光将我击倒

中秋的月啊,曾流泻一缕哀怨
让我涉过尘世的那些凉薄
心中揣着故乡的一片温情
无论在哪都不惧风吹雨打

那轮自故乡升起的月啊
多少回托我千里寄乡愁
我爱过的亲人,如今天各一方
今夜的圆月是否与我共赏

沙颍河

以"母亲"命名的一条河
在我们脚下流淌千年
酸楚的传说一浪掀过一浪
拍岸的沧桑陈述着聚欢与离愁
默默坚忍,成为颍河的一种本能

风,鼓起的白帆
以及堤堰上纤夫们留下的汗渍
孕育苦难的花蕾,迎风微笑
沉重的号子越过时空,至今
铿锵成两岸郁郁葱葱的树木

家乡的渡口已卧起虹桥
飞跨南北,商贾云集
踏浪的笛音飘向远方
与江海湖泊交汇成共鸣
颍河,我岁月里展颜的母亲

春之声

春天的声音是从雨水节气开始的
是从告别冬天最后一场雪启程的
然后一日千里
以最体贴的方式滋润土地

你听见草芽拱破土层的声音了吗
或者枝条返青孕蕾的进程
随即有了满树炸响的豪迈
那一瞬间世界变得那般美好

阳光从南至北
以她轻柔的拂煦唤醒清明
夹杂着恰似梳篦的雨丝
染绿了一个淡淡惆怅的季节

小草、花朵,抑或所有植物
包括城市和乡村,都以
无声的呐喊,迎迓谷雨的来到
一同融入姹紫嫣红的骚动

春天的声音如此多姿而美妙
花朵孕育成果,庄稼抽穗结荚

无处不在地诞生出一种韵律
不经意间让我们步入夏天

致父亲

来到这个世上
与你目光相遇的刹那
便注定了一种前缘
我的第一声啼哭
给你带来了莫大的满足
你憨笑,以男人少有的柔情
将我捧在掌心
成为你爱不释手的一枚果实

牵着你的手
我迈着蹒跚的脚步
开始了人生的旅途
你教我面对风雨以及世事冷暖
记不清我是怎样
第一次挣脱你的掌心
沿着你温热的视线
一步步走向成长
在你一声声叮嘱一份份担忧里
我慢慢长大成人
像你春天里栽下的一棵小树
抗逆并品味四季的雷电雨雪
然后剪枝去叶把我修成秀木
在几度欣慰和期许的目光里

你又是怎样地透过泪眼婆娑
看着我一次次跌倒又站起
今天，我也已经成为父亲
岁月蹉跎，我一天天变老
我再也不能看到你那宽阔的背影
不能在人群里寻找到
你那热切的目光
一种无助让我在孤独中变得坚强
当我也以一种父爱
担当起一个家庭的责任时
我才深深感悟出你的那份厚重
那份绵绵的慈爱

梨乡偶得

如许的春风
又一度染绿三月的梨乡
仿佛一场曼舞的飘雪
无数的精灵点缀千树万树

每年有约
踏着春的脚步走进梨园
心中总有诗情款款涌动
眼神不经意间与一树洁白邂逅

无数朵梨花
春光中以最纯美的微笑
迎迓远道而来的文朋诗友
用最柔肠的方式表达一种盛情

我仅仅是梨乡的一名过客
一年一度在这里凝望驻足
心弦不由得弹奏成一曲清歌
不为所求，只为不舍

向日葵随感

择一片贫瘠的土壤
在凄风苦雨里发芽
感谢早春
给了我向上的生命
并在逆境中懂得回报

有阳光的地方就能生长
无论寒潮袭来
还是季节更替
蓬勃的希望
在胸中时时涌动

迎着夏天的第一缕曙光
我便向阳花开
那一抹任性的金黄
傲视卑微与媚俗
傲视所有的萎谢

经历风雨,经历雷电
一颗坚强的心
始终向着太阳微笑
即使再阴晦的日子
也从不低头

转眼又是一个秋

枝头的绿叶被日子渐渐染黄
田野中谷穗羞赧地低下头颅
蝉声息了,夜露重了
故乡的月儿更亮
转眼又是一个秋

每年的这个季节
总有一种冲动,让我
情不自禁地抬起回家的脚
总有一种情愫,多少回
让泪水在梦里濡湿枕巾

田野很静
父亲安详地躺在丰收的庄稼丛中
那是他侍弄了一生的土地啊
一双粗糙而温热的手
曾哺育了我们全家老小

转眼又是一个秋天来了
面对故乡宽阔而深厚的泥土
我想深深地鞠上一躬

表达我对她最崇高的敬意
以及我的愧疚,我的无以为报

怀念去年那场雪

飘飘洒洒的一场雪
曼舞了整整一个四季
所有盛开的花束　顷刻间
在心头一瓣瓣凋零
那场挥之不去的雪啊
依旧让我泪眼蒙眬

沿着满街纷扬的雪花
如一张张翻飞的素笺
一步步走进你温暖的视界
你晶莹的眸光拨动着一丝忧郁
让我不敢向你行近半步
唯有窗外的雪
抒写着一种无声的激情

怀念去年那场雪
怎么也走不出对你的思念
往事是春天的花蕾
是夏季的雨水　是秋之红叶
你是一朵迎风而立的蜡梅
占据了我一个又一个
落雪的冬季

温暖的红丝带

伸出一双心形的手
让我向你走近
然后紧紧握住
我们不再有距离

胸口那根飘动的红丝带
是我向你发出的最友爱的信号
如一道温暖的霞光
照暖你阴冷的心头

让我紧紧挽起你的手
我亲爱的兄弟姐妹
在这个阳光灿烂的日子
我们共同面对美好的岁月

醉人的清风
拂过我们的村庄和田野
那郁郁葱葱的绿
是我向你敞开心扉的倾诉

红丝带,红丝带
那是一颗又一颗爱心的相逢

九月

九月,是菊花的季节
无数绽放的花朵
让这个时节变得温馨

沿乡间的篱墙
寻觅你绰约的风姿
花开,是一种美丽的心事
所有的喧闹已经过去
那些曾经怒放于春天的虚荣
因行人的远去
而无奈地凋零

走入九月
以一种别样的心境亲近菊
拂去一切的浮躁
让我细细品味一种沧桑

九月,是菊花的季节
让我们共同拒绝谎言
使拥有的相聚与离别
不再成为任何一种心痛

秋天·雨水

农历丁酉年的这个秋天
雨水很多
遍地成熟的庄稼
低下沉重的头颅在垂泪

无尽的雨啊总是在下
广袤的淮北平原一片泽国
整个秋天被浸泡得像要发酵
对阳光的渴求成了一种久违的奢望

我是从乡村走进城里的一名过客
农民的身份让我与他们有着千丝万缕的关系
爱惜粮食是我骨子里的一种本性
多年来我就认定一个道理
深深体味"粒粒皆辛苦"的含义

寒露过了,霜降也快到了
这是个收获也该是播种的季节
我的乡亲正经受一种严峻的考验
那战胜困难的斗志常让我热泪盈眶
灾难中他们一次次挺起不屈的脊梁

孤独时，就想和你打电话

孤独时，就想和你打电话
听你的声音
如雨丝般清凉
将心头的烦躁一缕缕冲去

孤独时，就想和你打电话
苦短的人生
承载了太多的忧愁
向你倾诉
晦涩的日子渐渐变得明亮

想和你打电话时
心中涌现一种激动
你美妙的声音
如一朵荷　向我漂来
怯懦的心不敢向你靠近

和你打电话的时光多么美好
唤一声你的名字
我的心率就会加快
你吐出的每一个字眼
我都会倍加珍惜

一朵菊的随感

过了寒露
故乡,就秋意渐凉
菊,在一家家庭院
或篱笆墙下
绽出朵朵馨香

从唐诗宋词里走来的菊啊
被古人吟诵了千遍万遍
那缕幽香
醉了重阳
熏陶了今晨的清冷

一路菊影
伴我从城市的浮华
走回,家的方向
这个深秋的日子
你是我能够倾诉的唯一

一朵乡间的菊啊
在冷雨和寒霜中孤傲
像深夜的一盏灯
忽明忽暗里
曾暖过多少不眠的梦境

岁月呵就这样过了大半
一如我的人生也步入秋季
感谢菊的明丽
虽历经了太多的坎坷与磨难
但我从未迷失前途和信仰

咏樱桃花

春光嫩
草木寒
一夜细雨敲窗帘
谁家栅花初绽时
半遮羞涩半遮颜
含笑向人间

蜂蝶舞
莺声软
几度美景似流年
东风不解相思意
一任落英付尘寰
无奈春色远

又见梨花

又见梨花
在四月的枝头
嫣然一笑
便醉了春光

踏青而至的行人
满怀春的渴望
你的妩媚
让这个季节静止

又见梨花
春潮在胸中涌动
走近你
便嵌入一个美好的回忆

短诗两章

樱桃花赋

又逢三月春光好,群贤毕至舞翩跹。
满院樱桃花如海,疑是繁星落九天。

赠王海潮先生

心胸豁达海潮君,敢为人先树口碑。
产品书画声名远,文企联姻德艺馨。

六月，以花朵的名义爱你

掬一捧清晨的露珠，送你
使你迎风而绽
向着太阳张开甜美的笑靥
那笑，是世上最纯真的一种表白
让我以花朵的名义爱你
在六月，爱所有的你们

这一天到来的瞬间
稚嫩的童声金子般环绕六月时光
没有风雨，没有阴霾
明丽的阳光洒满大地
一切生命都绿意盎然，蓬勃向上
城乡处处花开如海

六月，让我以花朵的名义爱你
给你浇水、施肥，精心呵护
营建你茁壮成长的空间
当然也让你适应不期而遇的风雨
那样，你就拥有抗衡灾难的天性
迎着未来的阳光，一天天长大

梨花·梨花

那一树梨花
如一场洁白的梦
岁岁年年
盛开成相思
洒满无边的期望

走近你
走近你梦境般的美丽
面对这一片灿然的欢笑
我想与你
有一种无言的倾诉

春风传递着一个个喜讯
在这片开满真诚
拒绝谎言的热土上
我有什么理由不去亲近你呢
那如玉般的梨花啊

也许一夜春雨
或一阵风
就会使你渐渐老去
洁白的花瓣
蝶儿般飞舞成一朵朵无奈

那有什么可伤感的呢
因为在另一个季节
那缀满一树青果的酸涩
同样会使我唤起你的无瑕
啊，梨花，梨花

一朵雪花温情地亲吻土地

这该是来自天庭的无数只粉蝶
翩翩舞蹈拥向静谧的土地
每一朵都饱含深情,噙着泪珠
宛若带雨梨花晶莹且明丽

它们是降临人间的使者
载着美好期许款款而行
时令已进入大寒节气
分明感到立春的暖意正迎面而来

一朵雪花温情地亲吻土地
故乡的青青麦苗呈现迎迓状态
一朵雪花即一粒麦子
这亘古流传的经典代代赓续

在这个冬天我的情思和雪花近似
时常敞开心扉翘望早春来临
一场雪后,随之就是暖阳融融
汩汩清流浇灌出又一个万紫千红

梅

秋去了,冬来了
梅,以绰约风姿
傲立于季节之上。含笑
接纳第一片雪花的降临
是翩若惊鸿的一种洒脱

不折服寒潮的梅
捧出一缕馨香,在冬季
芬芳四溢
让所有的苟且都显得如此脆弱
抑或无地自容

兰

以无与伦比的气节
坚韧地生长成一道风景
置身萧瑟,依然将一抹绿
供奉冬天,吐纳希望

这时,我便想起那年的邻家女孩
面对困惑与太多的苦难
没有屈服于命运的薄凉,昂然地
走出村庄,又融入春天
她有一个响亮的名字——兰

竹

竹影摇曳，是吉祥的征兆
喜欢于漫雪飞舞的日子看竹
领悟的不仅是风骨，还是精神
冬天瞬间就显出异常的生机

在寒风里聆听竹叶婆娑的悦耳私语
一如欣赏很动听的天籁
此刻就会念起梅、兰及儿时伙伴
我们曾牵手同心走向一个新春
然后，于岁月里一起慢慢成长

菊

从九月的抬步
无数绽放的花束
让这个时令变得温馨

沿着乡间的篱墙
寻觅你绰约的风姿
花开,是一种美丽的心事

所有的喧闹已经过去
那些曾经怒放于春夏的虚荣
因行人的远去
而无奈地凋零

深入冬天
以一种别样的心境亲近菊
拂去一切浮躁
让我和你细细品味一种沧桑

九月,是菊的季节
让我们共同拒绝谎言
使拥有的相聚与离情
不再成为任何一种心痛

季节

走着走着
季节就进入冬天
时令顿时变得冷峻起来
地里的麦苗经过最后一次秋雨
正在呈现昂扬的状态

期待一场新雪如约而至
让纷繁的尘嚣稍作安静
那些匆忙的步履总会停顿片刻
回眸这一年当中走过的路程
怎样地让脚窝绽出一路悲欢

时光从不等人
盘点我们不易的人生
心中总会泛起跌宕的波澜
在经过一个又一个季节之后
我们不由得又加快前行的脚步

雁阵

穿越冬的高远
追赶春天的信念永不停息
向前,是一片辽阔的蔚蓝

从天南到地北
将寒冷与荒凉抛舍
绿色的希望就在前方

振翅翱翔是你不倦的追求
每一次雁影掠过
都会让我的心海鼓满风帆

冬天的阳光

冬天的阳光穿越寒冷
在皑皑白雪的表面熠熠生辉
所及之处,将温暖潜入大地

红梅依旧傲骨
年年抵御不期而至的寒流
迎接阳光,绽放最美的微笑

皖北平原一望无际的麦苗
仿佛这片土地上人们的精神
一束阳光照耀就生生不息

我亦是这个季节的一株植物
适应了四季轮回的风霜雨雪
在冬阳的唤醒下期待蝶变

移栽的油菜苗

这个季节,灵动寒冷日子的
当数那些移栽的油菜苗
特别是经历冬雨的滋润过后
它们纷纷呈现蓬勃的姿态
含笑迎接一场瑞雪的到来
整个冬天,他们都拒绝枯萎
执着的绿,无畏无惧
生长成皖北人最朴素的一种精神
只待明年一声春雷滚过
最先让大地披上金甲

四月,怀想一树紫色的泡桐花

那一树紫色的繁花
灵动了四月的皖北
喇叭状的花束如串串铜铃
摇曳成几许春深似海

走过悠长而弯曲的村巷
我被淡淡的苦涩依依包容
抬眼仰望一树紫色的婆娑花影
一抹蓝天纯净如洗

多少年过去
我一直怀想故乡那丛泡桐花
它时常在我的梦中绽放
醒来,禁不住泪水夺眶

每年春天的这个时节
我都不经意地朝着家的方向眺望
想必那一树紫色的花朵开得正艳
只是童年时的那些人都已两鬓染霜

洁白的槐花

一树洁白的槐花绽满枝头
每年都在仲春季节与我相遇
宛若那时一袭轻装的邻家女孩
一抹笑靥,便迷醉了这个时令

曾经竞相开放的一树槐花
在饱满了一地春光的同时
也喂养了我饥饿的童年
那种味觉一直是我行走尘世的不舍

某个春日,我再次重返故乡
正是槐花上市的最佳时节
仅仅一次不经意的举目
都会令我怦然心动

槐花,是我今生的一种不解之缘
沿着轻尘不飞的村巷走过
一种激情常常在胸膛澎湃
遥想当年的村庄曾那般纯美动人

遇见梨花

初次见你,是在一个过往的春天
那时寒意还未完全褪去
薄凉的风撩起一丝幽怨
一声轻叹,你就怒放

你的明艳令我的目光透出惊喜
木讷地迎向你
我便握住了一缕春色
一股暖意就在心底悄然升腾

从此,我记住了那个春天
尽管我知道季节也会渐渐老去
但我仍执拗地认为你将年年盛开
就像这光阴里的梨花岁岁争荣

今年这个时日春光大好
你迎面向我走来,依旧青春
相信曾经的一次擦肩而过
都是为了再一次轰轰烈烈的遇见

太和香椿

故乡的陌上
你静立在清明与谷雨的时光里
朴素的面孔张望成一种期许
于是，你就醉了那个季节

在某个露珠晶亮的清晨
邻家那个女孩，一双扑闪的眸
总会与你不期相遇
自此，就有一种默契暗生心底

在静好的岁月里
那年你成为被册封为贡品的荣耀
进京的官道上有风尘起落
最终，你身价倍增地登上宫廷玉宴

后　记

当我为这部《日出乡关》动笔写下后记时，距离上次出版诗集《乡情及远方》，已相隔近二十年。光阴似箭，弹指一挥间。其间，出于某种原因，搁笔了约十年，尽管发了一些散文、随笔，但收获较浅。近些年来，重又提笔写诗，已觉诗路山重水复，只能按照老路子寻寻觅觅，摸索前行，仅仅为心中那束对诗歌热爱的火焰不被熄灭。我始终坚信，真情在，诗歌就有它生存的空间，就能绽放出它应有的光芒。

跌跌撞撞，这样一路走来，不觉人生已步入秋季。回望来时路，深感虚度诸多时光，所幸曾经努力过，尽管收获少有的鲜花与掌声，但一个人在一条孤独而僻静的路上踽踽前行，即使离开了不属于自己的那片喧嚣，同样能够抵达一个不期而遇的境地，何乐而不为呢？我初中毕业后，便失去了学业。务过农、做过建筑、下过煤矿、拉板车贩卖过红盆、收过废旧物品、经营过药品生意等。那些风雨相随的日子里，有书依伴着业余光阴，忘却一些逆境烦恼，倒也乐在其中。

很感谢在界首报社先后从事校对、记者和编辑工作的十年间，以及进入公安机关从事宣传工作的二十年时光里，单位领导和同事的相帮扶持，让我的人生增添了些许色彩，让我的人生充实起来，也让我在前行的路上一直不敢懈怠。同时，也感谢我曾经在农村一起生活多年的乡亲，他们给了我温暖和慰藉，也给了我不畏艰难的勇气，正是那种不舍的乡情，才激发了我诗歌创作的不竭源泉，我深深地爱着他们，爱着哺育我成长的那片土地。此书的出版,得到了阜阳市文联、中共界首市委宣传部、界首市文联领导及文友、学友、亲友们的关心支持。中国文艺评论家协会会员、安徽省作家协会理事、阜阳市作家协会主席丁友星百忙之中为《日出乡关》热情作序,青年诗人王长征为此书的出版给予友情帮助,在此一并深表谢忱!

　　行文至此,已是旧岁将尽,一场纷纷扬扬的雪花,正漫舞在我所处的皖北大地,银装素裹,预兆丰年,生活在这片土地上的人们,来年必然会有一个好的收成。此时,我分明感触到,在这个冬天的背后,一场潜藏已久的春讯正蓄势待发。那么,就让我们结伴前行,一起向未来,同心抵达属于我们的诗与远方。